산책

Der Spaziergang

로베르트 발저
박광자 옮김

산책

Der Spaziergang

로베르트 발저
작품집

로베르트 발저

차례

일러두기

인·지명은 대체로 외래어 표기법을 따랐으나 몇몇 예외를 두었다.

산책

이야기는 이러한데, 어느 화창한 오전에 몇 시쯤인지 기억은 없지만, 난 산책하고 싶은 생각에 모자를 머리에 눌러쓰고 내 서재 혹은 유령의 방을 나와, 층계를 내려가서, 서둘러 길로 나섰다. 덧붙일 말은 내가 층계참에서 스페인, 페루, 아니면 크리올[1] 여자처럼 보이는 누군가와 마주친 일이다. 그녀는 뭐랄까 시들고 퇴색한, 위엄 있는 모습을 보여 주었다. 나는 브라질 혹은 어느 나라 사람인지 알 수 없는 이 여자로 인해 멈춰 서는 걸, 단 이 분일지라도 엄격히 피해야 한다. 여유도, 시간도 낭비해서는 안 되는 까닭이다. 이 글을 쓰는 내가 오늘 기억하려는 것은, 바깥의 밝고 유쾌한 길로 나서는 순간 내가 낭만적이고 모험으로 가득한 감정 상태에서 말할 수 없이 행복했다는 점이다. 눈앞에 펼쳐진 아침 세상은 난생처음 본 것처럼 너무도 아름다웠다. 내가 바라보는 모든 것이 정겹

---

1   원래는 식민지 지역에서 태어난 유럽인의 자손을 부르는 말이었으나, 오늘날에는 보통 유럽계와 현지인의 혼혈을 부르는 말로 쓰인다.

고, 선하고, 생생하고, 아름다운 모습이었다. 나는 좀 전까지 위층의 내 방에서 텅 빈 종이를 내려다보며 참담하게 애쓰던 일을 금세 잊어버렸다. 어떤 심각한 일 하나가 울림이 되어, 계속 내 앞과 내 뒤에 생생하게 남아 있었지만, 모든 슬픔, 모든 고통 그리고 모든 무거운 생각들이 사라진 듯했다. 산책 중에 무슨 일을 만나게, 마주치게 될지 나는 무척 기대하며 긴장했다. 발걸음은 정확하고 조용했는데, 길을 가는 동안 나는 내가 꽤 위엄 있는 사람으로 보였으리라고 생각한다. 노심초사까지는 아니더라도 나는 내 감정을 주변의 시선으로부터 숨기기를 좋아하지만, 난 그걸 커다란 과오, 엄청나게 어리석은 일이라고 생각한다. 사람들이 넘쳐 나는 큰 광장을 스물 혹은 서른 걸음도 채 가지 않았을 때, 최고의 권위자 마일리 교수가 내 곁을 스쳐 갔다. 마일리 교수는 무척 당당하게 진지하고, 장엄하고, 고귀한 걸음으로 걸어왔다. 손에는 절대로 휘지 않는, 학자의 산보 지팡이를 들었는데 보기만 해도 두려움, 경외감, 존경심이 우러날 정도였다. 마일리 교수의 코는 엄격하고 단호하고 날카로운 독수리 혹은 매의 코를 닮았고, 입은 마치 법(法)처럼 단단하게 닫혀 있었다. 그의 유명한 학자 걸음은 무쇠 같은 법을 닮았다. 덥수룩한 눈썹 뒤에 숨은 마일리 교수의 강력한 두 눈에서는 세계의 역사, 오래전에 사라진 영웅적인 행위의 반사광(反射光)이 빛을 발했다. 그의 모자는 물리칠 수 없는 독재자 같았다. 비밀스러운 권력자들이야말로 가장 자신감 넘치고 강한 지배자들이다. 전체적으로 마일리 교수는 자신이 어느 정도로 권력과 힘의 화신인지 조심스럽게 보여 주었다. 그의 모습은 강단 있고 엄격해 보임에도 내 마음에 들었는데, 왜냐하면 난 다정하고 아름다운 미소를 짓지 않는 사람이 성실하고 믿음직스럽다는 말을 인정하기 때문이다. 세상에는 짐짓 사랑스럽고 착한 척하면서 자신의 악행에 대해 아주 상냥하고 공손하게 미소 짓는 끔찍한 재주를 가진 악당들도 있다고 한다.

책방 주인과 책방이 눈에 들어온다. 생각에 잠겨 쳐다보면서 요란한 금빛 글씨 간판을 내건 빵집에 관해 언급하고 평가해야겠다는 생각이 든다. 하지만 우선 신부 혹은 목사를 언급해야 한다. 그리고 자전차, 아니 자전거를 탄 동네 화학자가 다정하고 무거운 얼굴로 산책자, 즉 내 곁을 지나가고 사령부, 아니 연대의 군의관도 지나간다. 조용한 산책자라 해도 무시하거나 그냥 지나쳐서는 안 된다. 왜냐하면 그 사람 역시 내가 호의적으로 언급해 주기를 요구하는 까닭이다. 이번에는 부자가 된 고물상이자 폐품 수집상이 보인다. 그리고 햇빛 속에서 남자애들, 여자애들이 자유롭고 거침없이 뛰어놀고 있다. "저 애들을 자유롭게 놔둬야 해."라고 나는 생각한다. "언젠가는 세월이 저 아이들에게 겁을 주고, 고삐를 잡겠지. 슬프게도 너무도 빨리 그렇게 돼." 개 한 마리가 샘물에 목을 축인다. 제비가 푸른 상공에서 지저귀는 것 같다. 당황스러울 정도로 짧은 스커트에다 놀랄 만큼 높고 환한 부츠를 신은 멋쟁이 아가씨 두세 명이 튀게, 별나게 보이려고 애쓰고 있다. 두 개의 여름 모자, 아니 밀짚모자가 눈에 띈다. 남자들의 밀짚모자 이야기를 하자면 다음과 같다. 즉 두 개의 모자가 갑자기 밝고 부드러운 허공에 나타나고, 모자 아래로 훤하게 생긴 남자 두 명이 보이더니, 모자가 아름답고 멋지게 치켜 올라가고 흔들리면서 서로 '안녕하세요.'라고 인사를 주고받는 것으로 보인다. 이런 경우에 모자를 쓴 사람이나 모자 주인보다 모자가 확실히 더 중요하다. 하지만 작가는 쓸데없는 조롱이나 바보짓을 하지 않아야 한다. 사람들은 그에게 진지하게 행동하기를, 항상 그 점을 염두에 두기를 바란다.

이제 매우 당당하고 화려한 책방이 멋지게 눈에 들어와 잠시 들어가 보고 싶은 충동과 생각에, 나는 아주 점잖은 태도로 상점 안으로 들어가 보기를 주저하지 않는다. 일단 나는 내 자신이 다정하며 호감 가는 부유한 구매자나 훌륭한 고객보다는 지배인이나 계리사로, 정보 수집가나 예리한 감식가로 보였으면 한다. 예의 바르고 극히 조심스러운 목소리, 정확하게 선택한 표현으로 나는 문학 분야의 최신, 최고의 서적에 관해 문의한다. 주저하며 내가 묻는다. "가장 뛰어나고 진지하고, 그러니 당연히 가장 많이 읽히고, 가장 빨리 인정받아서 많이 팔리는 책을 좀 알려 주시겠습니까? 선생님만큼 많이 아는 사람이 없고, 당신은 독자들 중에서 덕망 높을 뿐 아니라 제일 두려워하는 대상, 날카로운 비평가, 앞으로 모두들 좋아할 분이니 저를 도와 책을 소개해 주신다면 무척이나 감사하겠습니다. 여기 쌓여 있거나 진열해 놓은 모든 책이나 작품 중에서, 겉모양으로는 아무리 들여다봐도 정말 멋있게만 보이는 이 알 수 없는 멋진 책들이 과연 저를 당장에 즐겁고 열광적인 구매자로 만들어 줄 것인지, 제가 얼마나 궁금해하는지 아마 모르실 겁니다. 문화계에서 사랑받는 작가와 쏟아지는 박수갈채를 받는 놀랄 만한 그의 걸작을 알아보고, 앞서 말했듯이 어서 구매하고 싶은 열망에 저는 온몸이 떨리고 흥분됩니다. 정중하게 부탁드리니 그런 성공작을 제게 보여 주셔서, 이 몸 전체를 강타한 갈망을 충족시키고, 제지시키고, 진정시켜 주십시오." 책방 점원은 "그럼요."라고 말했다. 그가 화살처럼 시야에서 사라지더니 다음 순간 갈망으로 가득 찬 구매자, 관심을 보이는 고객에게 다시 돌아왔는데, 손에는 실제 유용 가치로 보아 가장 많이 팔리고 많이 읽히는 책을 들고 있었다. 그는 그 소중한 정신의 자산을 마치 신성한 힘을 지닌 성유물처럼 아주 조심스럽게, 엄숙하게 들고 있었다. 그의 얼굴은 환희에 차 있었다. 표정은 엄청난 경외감으로 빛을 발하고, 입술에는 종교인이나 깊은 내적 체험을 한 사람에게서 보이는 한 줄기 미소가 흘렀다. 그는 들고 온 것을 나에게 아주 당당하게 내놓았다.

그 책을 보고 내가 물었다.

"이것이 금년에 가장 많이 팔린 책이라고 자신하십니까?"

"물론입니다."

"이것이 꼭 읽어야 하는 책이라고 주장할 수 있나요?"

"무조건 읽어야 할 책입니다."

"이 책이 정말 좋나요?"

"그 질문은 완전히 불필요하고, 용납할 수 없습니다."

"정말 감사합니다." 난 냉정히 말하고, 무조건 읽어야만 하고, 엄청나게 널리 유통된 그 책을 있던 자리에 그냥 놓고, 더 이상 아무런 말도 없이 조용히 그곳을 나왔다. "무식하고 못난 인간 같으니!" 판매원이 정당한, 깊은 혐오감을 가지고 나에게 소리쳤다. 그러거나 말거나 나는 여유롭게 내 갈 길을 갔고, 당장 좀 더 상의하고 해결해야 할 일이 있기 때문에 바로 옆에 위치한 당당해 뵈는 은행 건물로 들어갔다.

거기서 나는 어떤 유가 증권에 관해 물어보고 믿을 만한 정보를 얻을 필요가 있었다. "지나가다가 잠시 금융 기관에 들렀다."라고 내가 혼자서 생각, 아니 중얼거렸다. "재정 문제에 관해 협의하고 낮은 소리로 이야기할 수밖에 없는 걸 물어볼 수 있다는 것은, 멋지고 정말 좋은 일이다."

"이렇게 직접 방문해 주시니 반갑고 아주 훌륭합니다." 책임감 넘치는 직원이 창구에서 무척 친절한 목소리로 말했다. 그러면서 거의 불량스럽게, 하지만 굉장히 편안하고 명랑하게 미소를 보내며 이렇게 덧붙였다.

"말씀드렸지만 이렇게 와 주셔서 잘됐습니다. 그렇지 않아도 오늘 편지로 알려 드리려고 했는데 직접 말로 전하게 되었습니다. 틀림없이 선생님께 좋은 소식입니다. 고귀한 생각을 가진 선량하고 인류애 넘치는 여성분들의 어느 협회 혹은 모임이 선생님께

1000프랑

을 이체 신청했습니다. 선생님께는 정말로 반가운 일이니, 번거로우시더라도 머릿속에 기억해 두시거나 아니면 편하실 대로 하십시오. 저희는 이 개설을 선생님께서 좋아하실 것으로 생각합니다. 왜냐하면, 솔직히 말해 선생님을 뵙고 어떤 인상을 받았느냐 하면, 죄송하지만 아주 솔직하게 말씀드리자면, 섬세하고 아름다운 형태의 보호가 필요한 분이라고 생각했거든요. 돈은 오늘부터라도 사용할 수 있습니다. 이 순간 무척이나 기쁜 표정이 선생님의 얼굴에 번지는 게 보이네요. 눈이 빛나시는군요. 지금 선생님의 입에 웃음이 도네요. 아마 오랫동안 웃지 않으셨을 겁니다. 왜냐하면 끔찍스럽게 골치 아픈 나날의 걱정이 웃음을 막고, 왜냐하면 온갖 나쁘고 슬픈 생각이 머리를 무겁게 만들었기 때문에 선생님께선 그동안 슬픈 마음으로 지내셨을 테니 말입니다. 이제 기뻐하며 양손을 부비고, 슬픔은 날려 버리고, 어려움은 어서 덜어 내는

게 좋다는 귀한 생각을 하시면서, 고귀하고 사랑이 넘치는 여성 후원자들께서 가난하고 성공하지 못한 시인에게 (사실 선생님은 그런 분 아닌가요?) 도움이 필요하리라 생각했다는 걸 기뻐하십시오. 선생님을 기억하려고 스스로 낮추는 사람들이 존재하고 있으며, 계속 무시당하는 시인의 삶에 모든 이들이 다 무관심하지는 않은 이 상황을 축하드립니다."

"부드럽고 착한 요정 혹은 여성분들의 손이 기부해 주신 예기치 않은 그 돈을 저는 여러분께 맡겨 두겠습니다."라고 내가 말했다. "여기가 보관하기 가장 좋은 곳이니까요. 화재에 안전하고, 도둑도 피할 수 있는 금고이니 어떤 재난이나 사고에도 안전할 테죠. 게다가 이자까지도 쳐주지 않나요? 영수증 하나만 부탁할까요? 이젠 내가 언제라도 필요하거나 돈을 빼내고 싶을 때, 그 큰 금액에서 작은 액수를 인출할 수 있을 것 같군요. 제가 절약하는 사람이라는 점을 말해 두고 싶습니다. 그 선물로 나는 견실하고 체계적인 사람, 다시 말해 극히 신중하게 처신하는 사람이 되겠습니다. 그리고 그 친절한 기부자들에게는 정성 어린 편지로 감사의 마음을 전하겠습니다. 내일 아침에 그 일을 하겠습니다. 미루면 잊어버리니까요. 조금 전에 선생께서 아주 솔직하게 제가 가난하다고 말씀하신 바는 현명하고 올바른 관찰에 근거한 것입니다. 하지만 그건 제가 충분히 아는 것으로 알고, 나에 관해서 제일 잘 아는 사람은 바로 나 자신입니다. 선생님, 때로 우리는 겉모습에 속습니다. 그리고 사람에 대해서 판단하는 일은, 그 사람 자신에게 맡겨 두는 게 최상이 아닐까 합니다. 그 자신만큼 이미 많은 것을 보고 경험한 나라는 인물을 잘 아는 이는 단 한 사람도 없습니다. 때때로 나는 안개 속에서 헤매고, 수없이 동요하고 당황하며 어떻게 하는 게 좋을지 막막한 경우도 많습니다. 하지만 헤쳐 나가는 건 아름다운 일이라고 나는 생각합니다. 기쁨과 즐거움에 자부심을 가져서는 안 됩니다. 용감하게 극복한 어려움이나 잘 참아 낸 고통만이 자부심과 영혼의 저 밑바닥까지 즐거움을 줍니다. 하지만 이런 것으로 말을 낭비하고 싶지 않군요. 성실한 사람 중에 살면서 한 번도 절망하지 않은 이가 어디 있으며, 세월이 흐르면서 희망, 계획, 꿈이 완전히 파괴되지 않는 사람이 어디 있나요? 한 번도 밀려나 본 적 없이 갈망, 과감한 소원, 달콤하고 드높은 행복의 상(像)을 성취한 그런 사람이 어디에 있나요?"

1000프랑에 대한 수령증을 인출, 아니 인수하고, 건실한 현금 예금자, 계좌 개설자, 즉 다른 사람이 아닌 나는 인사를 하고 나왔다. 마술처럼 파란 하늘에서 떨어진 이 현금 자산을 마음속으로 기뻐하며 나는 산책을 계속하려고 높고 아름다운 은행에서 바깥으로 나왔다.

(새롭고 재미있는 것이 당장에 생각나지 않으니) 내가 친절하고 매력적인 에비 부인의 초대장을 주머니에 가지고 있다는 점을 첨가하고자, 하도록, 하려고 한다. 변변치 않은 점심 식사지만 12시 반에 꼭 와 주십사 하고 겸손하게 청하는 그 초대장은 나를 들뜨게 했다. 나는 이 요청에 귀를 기울여 정해진 시간에 문제의 그 귀한 인물의 집에 나타나기로 작정했다.

친애하는 독자여, 이 글의 필자이자 창작자와 더불어 조심스럽게 밝고 다정한 아침 세상으로 나와서, 서두르지 않고 아주 편안하게, 수수하게, 원활하게, 신중하게, 조용하게 걷는 수고를 지금 하고 있는데, 이제 우리 두 사람은 앞서 언급한 금빛 글씨의 간판을 매단 빵집 앞에 도착하게 된다. 여기서 우리는 놀라서 걸음을 멈추게 된다. 그리고는 마음 아프게도 그 조야한 허세, 아름다운 시골 분위기와 떼려야 뗄 수 없는 그 비극적이고 볼품없는 모습에 놀란다.

나도 모르게 비명이 나온다. "맙소사, 점잖은 사람이라면 우리가 서 있는 이 풍경에다 이기심, 돈 욕심, 한심하고 너무나 적나라한 영혼의 야비함을 드러내는 저 금빛 광고의 조야함을 보고 화내지 않을 사람은 없다. 소박하고 정직한 빵집 주인이라면 과연 저렇게 요란하게 광고를, 금은으로 도배한 바보 같은 광고판을 마치 영주나 화장 중독에 빠진 괴상한 여자처럼 햇빛 속에서 번쩍이도록 매달 필요가 있을까? 명예롭게, 그리고 적당히 겸손하게 빵을 굽고, 반죽하도록 하라. 대체 우리가 사는 세상이 얼마나 속임수의 도가니가 될 것인가, 아니 이미 속임수로 가득한 세상이 되고 만 것일까? 자치 단체, 이웃, 그리고 여론이 저런 것을 참을 뿐 아니라 불행하게도 박수를 보내고 있다. 모든 훌륭한 감각, 모든 이성(理性)과 정감(情感), 모든 미와 덕성을 모독하고, 병적으로 허세 부리며 우스꽝스러운 허접한 외양을 만들어 일백 미터 이상 떨어진 곳에까지 선량하고 정직한 허공에다 '나는 이러이러하다. 나는 이렇게 돈이 많으니 불쾌하게 할 정도로 튀게 행동해도 괜찮다. 나는 무뢰한, 멍청이, 흉하게 과시하는 몰취미한 인간이다, 하지만 내가 무례하게, 멍청하게 구는 걸 막을 사람은 아무도 없다.'라고 소리치고 있다. 금빛으로, 번쩍거리면서, 보기 흉하게 빛나는 간판 글씨와 빵 사이에 무슨 그럴싸하고 정직하고 정당한 관계가, 건강과 무슨 밀접한 관계가 있다는 말인가? 전혀 없다. 하지만 흉하게 잘난 체하는 것과 허세는 어느 구석에선가, 세상의 어느 귀퉁이에서 언제부터인지 시작되어 한숨이 나올 정도로 끔찍하게 넘쳐 나고, 점점 심해지고, 날이 갈수록 더욱 심해져서 쓰레기, 오물, 어리석음을 쏟아내 그런 것을 세상에 퍼트리고, 존경스러운 나의 빵집 주인까지 덮쳐서 과거의 훌륭한 안목을 파괴하고 천성적인 도덕심마저 훼손시킨다. 나는 많은 것을 내줄 수 있다. 나는 왼쪽 팔 혹은 왼쪽 다리까지 내줄 수 있다. 그런 희생으로 순수함에 대한 과거의 훌륭한 감각을 되찾게 하고, 모두 무척이나 애석해하며 이제는 사라졌다고 생각하는 그 품위와 겸손의 상태로 국가와 국민들을 다시 되돌릴 수 있다면 말이다. 본래보다 더 낫게 보이려는 이런 몹쓸 욕심이여, 꺼져 버려라. 그것은 진정 대참사, 전쟁 위험, 죽음, 불행, 증오, 지상에 퍼진 것과 존재하는 모든 것에 대한 상처 내기이며, 악의와 흉측함에다 저주스러운 가면을 씌우는 일이다. 그런다고 단순 노동자가 사장님으로, 평범한 아주머니가 사모님 되는 것이 아니다. 요즘엔 전부 휘황하게 번쩍이고, 정교하고, 아름답고, 사장님과 사모님이 되는데, 그건 끔찍스러운 일이다. 세월이 흐르면 언젠가 다시 달라질 것이다. 나는 그걸 바란다."

하지만 이렇게 잘난 체하며 등장해 뻐기는 행동에 직면하여, 곧 말하겠지만 나는 나 자신을 돌아보려 한다. 어떤 태도를 취해야 하는지 말이다. 내가 다른 사람을 가차 없이 비판하면서 나 자신을 아주 부드럽게 대하고 너그럽게 취급하려 한다면 그것은 좋지 않은 일이다. 그렇게 하는 비판가는 참된 비판가가 아니며, 글을 쓸 때 작가는 그런 실수를 범해선 안 된다. 나는 이 문장이 모두의 마음에 들고, 만족감을 주고, 뜨거운 박수를 불러오기를 바란다.

여기 국도의 왼편에는 노동자들로 가득한, 일거리 많은

주물 공장이 요란한 소음을 만들어 내고 있다. 이것을 알게 되자 다른 많은 사람들이 중노동을 하고 있는데 난 내가 산책만 하고 있는 사실에 부끄러워진다. 하지만 나는 이 모든 노동자들이 퇴근해서 쉬는 동안에 중노동을 하게 될 터다. 자전거를 타고 가는 예비군 대대의 동료가 지나가면서 나에게 소리친다. "이런 청천대낮에 또 산책을 하고 계시네요." 난 웃으며 그에게 인사를 건네고, 내가 산책 중이라고 생각하는 그의 말이 맞다고 기쁘게 인정한다.

"모두 내가 산책하는 걸로 볼 수 있지."라고 생각하며, 나는 들킨 데 대해 조금도 화를 내지 않은 채 평화롭게 산책을 계속한다. 화내는 것은 바보 같은 짓일 것 같다.

선물로 받은 연노랑색의 영국 양복을 입은 나는 솔직하게 말하면 굉장한 귀족, 귀인, 공원을 여유롭게 산책하는 후작처럼 보이지만, 실제로 내가 걸어가는 곳은 절반은 시골이고 나머지 반은 교외에 위치한, 소박하고 사랑스럽고 조촐한 소규모의 빈민 지역과 국도일 뿐, 고상한 공원은 전혀 아니기 때문에, 난 내가 감히 공원 어쩌고 했던 말을 말끔하게 취소한다. 왜냐하면 공원 같다는 얘기는 헛소리이고, 이곳과 조금도 어울리지 않기 때문이다. 크고 작은 공장과 기계 작업장이 녹지 여기저기에 흩어져 있었다. 작업장은 어딘지 항상 찌들고 헐벗은 모습을 하고 있었다. 그렇듯 망치를 두드리고 내려치는 산업에다 기름지고 따뜻한 농업이 양팔을 친절히 내주고 있었다. 부드럽게 휘어진 길에 호두나무, 벚나무, 자두나무가 매혹적인, 재미있는, 사랑스러운 분위기를 내고 있었다. 개 한 마리가 길 한가운데 가로누워 있는데 길 자체, 그것만으로 나는 충분히 아름답다고 생각하며 사랑했다. 하나하나 눈에 들어오는 거의 모든 것을 매 순간 나는 뜨겁게 사랑했다. 개와 아이들이 있는 또 다른, 작고 아름다운 장면은 다음과 같다. 현관 층계에 쪼그리고 앉은 꼬마를 큰 덩치의 아주 재미있고, 장난스럽고, 위험하지 않은 개 한 마리가 조용히 쳐다보고 있는데, 아이는 착하지만 좀 무섭게 생긴 동물이 자신을 관심 있게 쳐다보는 게 무서워서 서럽게 울며 어린애다운 요란한 울음보를 터트리고 있었다. 이 장면도 재미있지만, 아주 어린 꼬마 둘이서 먼지투성이 국도에 마치 공원처럼 드러누운, 국도(國道) 극장의 무대에서 벌어진 다른 꼬마들의 모습이 더 재미있고, 멋져 보였다. 한 꼬마가 다른 꼬마에게 말했다. "나한테 뽀뽀해 줘." 이 강력한 요구를 다른 꼬마가 들어주었다. 그러면서 이렇게 말했다. "자, 이제 그만 바닥에서 일어나도 돼." 그러니까 달콤한 뽀뽀를 안 해 주면 지금 허락한 그 일을 들어주지 않겠다는 얘기였다. "이 소박하고 사소한 장면은 유쾌하고 경쾌하다. 그리고 밝은 대지를 거룩하게 내려다보면서 웃고 있는 아름다운 푸른 하늘과 정말로 잘 어울린다."라고 나는 말했다. "아이들은 천국과 같다. 왜냐하면 항상 일종의 천국에 살고 있으니까. 자라서 성인이 되면 천국이 사라지고, 그들은 천진스러운 세상에서 추락해 무미건조하고 계산적인 존재로, 성인들의 지루한 시각 세계로 들어간다. 가난한 사람들의 아이들한테 여름의 국도는 마치 놀이방과 마찬가지다. 공원이 전부 이기적으로 닫혀 있으니 아이들은 어디로 가야 한다는 말인가? 나는 자동차를, 차갑고 악의적으로 아이들의 놀이터, 아이들의 천국으로 요란하게 달려와 어리고 순진한 인간 존재를 위험으로 몰고 가 으스러트리는 소란스러운 자동차를 저주한다. 그런 어설픈 승리를 이룬 차에 아이가 치일 수 있다는 끔찍스러운 생각을 나는 하고 싶지 않다. 그런 생각을 하면 분노가 치밀어 거친 말을 내뱉게 되는데, 알다시피 그걸 막을 수 있는 건 결코 많지 않기 때문이다."

먼지를 내며 달리는 자동차에 앉은 사람들한테 나는 항상 화가 난, 나쁜 얼굴을 한다. 그들은 더 나은 대접을 받을 자격이 없다. 그들은 나를 높은 기관이나 당국으로부터 교통을 감시하고 자동차 번호를 기록해서 나중에 보고하도록 의뢰받은 감시인, 사복 경찰로 생각한다. 나는 항상 얼굴을 찌푸리고 바퀴나 차체(車體)를 쳐다보지, 결코 탑승객은 보지 않는다. 나는 그들을 멸시하는데, 그건 사적인 게 아니라 철저히 원칙에 따른 것이다. 왜냐하면 우리의 아름다운 지구가 보여 주는 풍경이나 사물을 미친 듯이 스쳐 지나가면서 처참하게 절망하지 않으려면 달리는 수밖에 없다는 그 따위 말을 나는 이해하지 못하고, 앞으로도 이해할 수 없기 때문이다. 실제로 나는 안식과 안식을 주는 모든 것을 사랑한다. 신에게 맹세하건대 나는 절약과 절제를 사랑하고, 몰아치며 서두르는 것을 마음속 깊이 진짜 싫어한다. 나는 이 명백한 사실을 더 이상 말할 필요가 없다. 그리고 말 그대로, 자동차 운전은 아무도 좋게 평가하지도 사랑하지도 않는 나쁜 냄새로 공기를 오염시키는 까닭에 중단해야만 한다. 모든 정당한 인간의 코가, 간혹 기분에 따른 것일 수도 있지만, 화내고 혐오스럽게 여기는 걸 다른 누군가의 코가 사랑하고 기쁘게 들이마신다면 그것은 부자연스러운 일일 터다. 그만 말하는 게 좋겠다. 산책이나 계속하자. 발로 걸어 다니는 것이 최고로 아름답고, 좋고, 간단하다. 신발만 제대로 갖춰 신은 상황이라면 말이다.

존경해 마지않는 여러분, 후원인, 독자님, 좀 지나치게 엄숙하고 뽐내는 이 문제를 여러분들은 호의를 가지고 받아들이고 용인하고 계신데, 이제 두 명의 특히 중요한 사람, 존재, 인물에 주목해 주시기 바랍니다. 우선, 아니 첫 번째는 은퇴한 여배우로 추정되는 인물이고, 두 번째는 아주 젊다고 추측되는 여가수입니다. 이 두 사람을 나는 무척 중요하게 생각하기에, 그들이 현실 속에 등장해 역할을 맡기 전에 먼저 제대로 알리고 소개하는 일부터 시작하도록 하겠습니다. 이들의 중요성과 명성의 향기를 두 아름다운 인물들보다 미리 알아 둬야 두 사람이 등장했을 때 관심 있게, 특별한 사랑을 가지고 환영하며 바라볼 수 있고, 내 변변찮은 생각에 따르면 그렇게 하는 것이야말로 이 인물들에게 필연적인 일이라고 생각하기 때문입니다. 앞서 언급했듯이 작가는 12시 반에 그가 행한 많은 수고에 대한 보답으로 에비 부인의 궁전 혹은 저택에서 먹고, 즐기고, 식사하기로 예정돼 있습니다. 거기까지는 상당한 거리의 길을 더 가야 하고, 써야 할 이야기도 많습니다. 하지만 이젠 충분히 아시겠지만, 나는 산책을 글 쓰는 것만큼 좋아합니다. 하지만 산책보다 글쓰기를 약간 덜 좋아합니다.

아름다운 길가 바로 옆의 그림처럼 깔끔하고 예쁜 집 앞에서 나는 웬 여성이 벤치에 앉아 있는 것을 보고, 그녀를 보자마자 용기를 내어 아주 점잖고 예의 바르게 다음과 같이 말을 걸었다.

"완전히 낯선 사람인 제가 당신을 보자마자 성급하고 주제넘은 질문을 입에 올리는 걸 용서해 주십시오. 혹시 전에 배우 아니셨나요? 틀림없이 당신은 과거에 화려하게 시선을 받는 대스타, 무대 예술인이었을 겁니다. 이렇듯 무례하고 대담한 저의 말과 질문에 놀라시는 게 당연합니다. 하지만 당신의 얼굴은 너무도 아름답고, 즐겁고, 매혹적인 데다 그렇게 멋스러운 모습으로, 아름답고 고귀하고 훌륭한 자태로 그렇게 거침없게, 당당하게, 조용하게 앞을 응시하며 저와 세상을 바라보고 계시니, 저로서는 감히 당신께 무언가 멋진 칭송의 말을 건네지 않고 그냥 지나갈 수 없습니다. 바라건대 저를 나쁘게 생각하지 말아 주십시오. 경솔함 때문에 벌과 비난을 받게 될까 두렵습니다. 당신을 보자 저는 순간적으로 당신이 틀림없이 배우였다고 생각했고, 여기 단순하지만 그래도 아름답기 그지없는 길에서 예쁘고 작은 상점 앞에 앉아 있는 당신을 상점 주인으로 생각했습니다. 오늘까지 당신에게 이렇게 예의 없게 말을 건 사람은 아무도 없었을 겁니다. 나에게 보여 준 당신의 다정하면서도 수려한 외모, 당신의 사랑스럽고 아름다운 모습, 당신의 평온함, 적잖은 나이에도 여전히 세련된 당신의 자태는, 비록 이런 길가이기는 하지만 나로 하여금 신뢰에 찬 대화를 시작하도록 용기를 줍니다. 자유로움과 명랑함으로 나를 행복하게 해 주는 아름다운 날과 내 마음속에서 타오르는 유쾌함이 나로 하여금 낯선 숙녀 분께 좀 무례하게 굴도록 만들었습니다. 웃고 계시군요. 그러니 내가 마구 쏟아 낸 말에 화나신 건 결코 아니군요. 이런 말씀을 드려 죄송하지만, 우리한테 수수께끼인 이 정처 없고 이상한 위성에 사는, 서로 모르는 두 사람이 때로 자유롭고 거침없이 이야기를 나누는 건 아름답고 좋은 일이라고 생각합니다. 우리는 입과 혀, 언어 능력을 가지고 있는데, 그중 마지막 것이야말로 정말 아름답고 독특하지요. 아무튼 당신을 보자마자 나는 당장에 진심으로 좋아하게 됐습니다. 이제 존경심을 가지고 사죄를 드려야 하지만, 그럼에도 불구하고 나는 당신이 내 마음에 뜨거운 존경심을 불러일으켰다는 사실을 확실하게 알아주셨으면 합니다. 내가 당신을 보고 굉장히 행복했다는 공개적인 고백에 화가 나십니까?"

"오히려 기뻐요."라고 아름다운 여자가 말했다. "하지만 당신의 추측에 대해서는 실망을 드릴 수밖에 없네요. 저는 배우였던 적이 한 번도 없어요."

이 말에 마음이 움직여 내가 말했다. "저는 차갑고, 슬프고, 답답한 상황에서 얼마 전에 이곳으로 왔습니다. 마음에 병이 든 채로 전혀 아무런 믿음 없이, 믿는 것도 기대하는 것도 없이, 아무런 밝은 희망도 없이, 세상 그리고 나 자신에게 소외당하고 적대적인 심정으로 말입니다. 두려움과 불신이 나를 사로잡아 내딛는 걸음마다 나를 따라왔습니다. 하지만 조금씩 좋지 않은, 증오에 찬 편견을 버리게 됐습니다. 이곳에서 나는 다시 편안하고 자유롭게 숨을 쉬게 되었고, 다시 더 아름답고, 더 따뜻하고, 더 행복한 사람이 되었습니다. 내 영혼을 가득 채웠던 공포가 서서히 사라지는 것을 보았고, 마음속의 슬픔, 황폐함, 절망감이 하나씩 명랑한 만족감과 편안하고 활기찬 감정으로 바뀌는 걸 새롭게 느끼게 되었습니다. 나는 죽었고, 이제 누군가가 나를 다시 일으켜 세워 용기를 심어 주는 것 같습니다. 수많은 아름답지 않은 것, 가차 없는 것, 불안하게 만드는 것을 경험할 수밖에 없다고 믿는 곳에서 나는 사랑스러운 것, 선한 것과 만나게 되었고 모든 평온한 것, 신뢰할 수 있는 것, 선량한 것을 발견했습니다."

"정말 잘됐어요."라고 여자가 다정한 얼굴과 목소리로 말했다.

이제 무척이나 용기를 내어 시작했던 대화를 끝내고 헤어질 순간이 된 것 같아서, 나는 내가 여배우로 생각했지만 유감스럽게도 대단하고 유명한 배우가 아닌, 스스로 그런 사람이 아니라고 반박할 필요가 있다고 생각했던 여자에게 성의 있게, 아주 공손하게 허리를 굽혀 인사를 하고, 아무 일도 없었던 것처럼 내 갈 길을 다시 갔다.

소박한 질문 하나를 하겠다. 녹색 나무 아래의 멋진 모자 가게에 유난히 시선이 끌려 살짝 손뼉을 치는 일이 가능할까?

그렇다고 나는 자신 있게 말한다. 걸으며, 너무도 아름다운 길을 산책하며, 나는 스스로 그런 일이나 그 비슷한 일을 불가능하다고 생각했던 일, 즉 아주 바보스럽고, 어린애 같은, 요란한 탄성을 목구멍에서 내질렀다는 부끄러운 사실을 감히 알리는 바다. 내가 쳐다보았고 발견한 게 새로운 것, 전대미문의 것, 아름다운 것인가? 맞다. 그건 앞서 슬쩍 언급했던 아름다운 모자 가게와 의상실이다. 파리, 페테르부르크, 부쿠레슈티, 밀라노, 베를린, 우아하고 과감하며 대도시적인 것이 나타나 내 앞에 모습을 드러내, 나를 사로잡고 매혹시켰다. 대도시나 세계적인 도시에는 녹색의 부드러운 나무가, 다정한 초원이라는 장식품과 축복이, 또 거기에는 사랑스럽고 부드러운 나뭇잎이 없고, 게다가 달콤한 꽃향기도 없지만, 내 곁에는 그런 것이 있었다. 나는 조용하게, 걸음을 멈춘 채 이런 생각을 했다. "이 모든 것을 다음번에 어느 작품이나 일종의 판타지에다 꼭 써야겠다. 제목은 '산책'이라고 달아야지. 거기에 이 모자 가게를 빠트려서는 절대로 안 돼. 이 가게가 빠지면 그림처럼 아름다운 매력이 사라지게 되는데, 그런 실수를 나는 방지하고 제거하고 피해야 해." 깃털, 리본, 예쁘고 특이한 모자 장식용 과일이나 꽃은 나에게 자연 자체만큼 매력적이고 사랑스러웠다. 녹색의 자연, 자연의 색이 인공의 색깔과 환상적인 모자 형태에 따라 마무리되고 부드럽게 마감되어, 모자 가게가 있는 그대로 멋진 그림이 돼 있었다. 앞에서도 말했지만 여기서 나는 내가 두려워하는 독자들의 예리한 감수성에 기대를 건다. 비겁자의 이런 비참한 고백은 이해해 줘야 한다. 이런 일은 꽤나 용감하고 알려진 모든 작가들에게도 마찬가지다.

아이코, 이번에 내 눈에 들어온 건 역시 나무 밑에 있는, 분홍빛 돼지고기, 소고기, 송아지고기를 파는 매혹적이고, 나지막하고, 마음에 드는 푸줏간이다. 가게 안에는 주인이 한창 일을 하고 있고, 손님들이 서 있다. 이런 푸줏간 또한 모자 파는 가게와 마찬가지로 탄성을 지를 만하다. 세 번째는 향신료 가게인데 조용히 지나가련다. 그리고 갖가지 음식점[2]도 보이는데 이런 건 나중에 이야기해도 조금도 늦지 않을 것 같다. 음식점이라면 오후에 아주 늦게 시작해도 되는데, 그 귀추가 뻔해서 유감스럽지만 모두들 지겨울 정도로 잘 알고 있다. 아무리 점잖은 사람도 어떤 점잖지 못한 일일 땐 결코 제어가 안 된다는 사실을 부정할 수 없다. 그래도 우리는 다행히 인간이며, 인간이기 때문에 쉽게 용서가 된다. 단순히 구조상의 약점으로 받아들이면 된다.

여기서 다시 한 번 정비를 새로 해야겠다. 새로운 정비와 정돈을 나는 야전 사령관 못지않게 성공적으로 할 생각인데, 사령관으로 말하자면 모든 상황을 조감하고 어떤 우연한 일이나 상태의 변화도 자신의 그물망에 넣어 천재적으로 계산

---

2 Wirtshaus. 음식점이자 술집, 여인숙을 겸한다.

하는 능력을 가지고 있다. 부지런한 사람이라면 요즘 신문에서 매일 그런 걸 보고, 측면 공격 같은 단어에 관심을 가진다. 요즘에 나는 전쟁 기술이나 전쟁 방법이 글쓰기만큼, 혹은 글쓰기가 전쟁만큼 어렵고 인내심을 필요로 한다고 생각하게 되었다. 사령관과 마찬가지로 작가 역시 공격을 시작하고 전투에 들어가려면, 그 전에 준비를 한다. 다른 말로 하면 작가들이 생산품 혹은 책을 서적 시장에 내놓으면 도전을 받고 강력한 반격을 받는다. 책은 논쟁을 불러오는데, 이것이 때로 무시무시한 양상으로 번져서, 책이 죽고 작가가 절망에 빠지기도 한다.

이 모든 공손하고 섬세하고 깔끔한 문장을 내가 독일 제국 대법원의 펜으로 쓰고 있다고 말해도 불쾌하게 생각하지 말기 바란다. 그 덕에 어느 면에서 간결함, 풍부함, 언어의 예리함이 두드러지게 나타나고 있으니, 더 이상 별나다고 생각하지 않았으면 한다.

하지만 도대체 언제 에비 부인의 잘 차린 식탁에 도착하게 될 것인가? 상당한 장애물을 처리해야 하니 앞으로도 시간이 꽤 걸릴 것 같아서 걱정스럽다.

나는 그럴싸한 뜨내기, 멋진 방랑자, 건달 혹은 게으름뱅이나 부랑자처럼 길을 걸어, 잘 심어 가꾸어 놓은 밭의 보기 좋고, 튼실하고, 다양한 채소 옆을 지나서, 꽃과 꽃향기를 지나, 과일나무와 콩 줄기, 콩나무 덤불을 지나, 호밀, 귀리, 보리처럼 높이 자란 곡식을 지나, 많은 목재와 톱밥이 쌓인 목재 하치장을 지나, 향기로운 초원과 즐겁게 찰랑대는 여울, 강, 개울을 지나서, 신나게 물건을 파는 아름다운 시장 아낙 같은 다양한 사람들을 지나, 축하 혹은 축제의 깃발을 펄럭이는 클럽과 흥이 나고 유용하며 다채로운 다른 곳들을 지나, 유난히 아름답고 사랑스러운 요정의 사과나무를 지나고, 그 밖에도 전혀 알 수 없는 여러 곳을 지나, 예컨대 딸기 덤불과 만개한 꽃 혹은 붉게 익은 딸기를 점잖게 지나갔다. 그러는 동안 계속 여러 가지 크고 작은 아름답고 멋진 생각에 흠뻑 빠져들었는데, 산책 중에는 많은 생각, 반짝 아이디어, 반짝 아이디어가 나도 모르는 사이에 머릿속으로 들어와 자리 잡고 조심스럽게 작동하기 때문이다. 그때 어떤 인간, 괴물, 귀신이 앞에 나타나서 햇빛이 환한 길을 거의 아무것도 안 보일 정도로 어둡게 만들었는데, 그건 키가 장대처럼 무시무시하게 큰 사내, 유감스럽지만 내가 너무도 잘 아는 진짜 별난 친구, 즉 거인 톰차크였다.

나는 그를 아름답고 부드러운 국도보다는 다른 어느 곳, 다른 어느 길에서 만날 것으로 생각했다. 그의 슬프고 무시무시한 모습, 비극적이고 엄청난 그의 존재가 나를 공포로 몰고 갔고, 모든 선하고 아름답고 밝은 전망과 모든 즐거움과 기쁨을 나에게서 앗아 갔다. 톰차크! 여러분, 그 이름만으로도 이미 끔찍스럽고 우울한 존재가 아닙니까? "형편없는 놈, 왜 나를 따라와서 길 한가운데에 나타난 거냐!"라고 내가 그에게 소리쳤다. 하지만 톰차크는 아무런 대답도 하지 않았다. 그는 놀라서 나를 바라보았다. 다시 말해 위에서 나를 내려다보았는데, 왜냐하면 그가 길이와 높이 면에서 나를 엄청나게 능가하는 때문이었다. 그의 곁에 서니 나는 난쟁이나 작고 별 볼일 없는 아이 같았다. 그 거인은 아주 쉽게 나를 짓밟거나 밟아 죽일 수 있었다. 아, 나는 그가 어떤 인물인지 잘 알고 있었다. 그는 잠시도 가만있지 않았다. 쉬지 않고 세상을 돌아다녔다. 그에겐 폭신한 침대에서 자거나 편안한 집에서 사는 것이 금지되어 있었다. 그에게는 고향이 없고 어디에서도 주거권이 없었다. 고국이 없고 아무런 행복도 없이, 전혀 사랑을 모르고, 아무런 인간적 기쁨도 없이 그는 살아야만 했다. 그는 아무에게도 관심이 없었고, 아무도 그에게, 그의 행동과 삶에 관심을 갖지 않았다. 과거, 현재, 미래가 그에게는 실체 없는 폐허였고, 삶은 그에게 너무 사소하고, 작고, 너무 협소했다. 의미 있는 것은 하나도 없었고, 그 역시 누구에게도 아무런 의미가 되지 못했다. 커다란 그의 눈에는 천상 혹은 천하를 향한 슬픔의 눈길뿐이었다. 지치고 맥 빠진 그의 거동에서는 끝없는 슬픔만이 보였다. 그는 죽은 것도 산 것도 아니고, 늙은 것도 젊은 것도 아니었다. 내가 보기에 그의 나이는 일만(一萬)살이나 되어 보였고, 영원히 살아 있지 않은 채로 영원히 살아야만 하는 것처럼 보였다. 매 순간 그는 죽었고, 그런데도 불구하고 죽을 수가 없었다. 그에게는 꽃이 놓인 무덤이 없었다. 나는 그를 피하면서 홀로 중얼거렸다. "잘 가거라. 그리고 잘 지내라, 친구 톰차크여."

  정말이지 조금도 관심 없는 유령, 불쌍해 뵈는 요괴, 초인을 더 이상 뒤돌아보지 않고 나는 계속 걸어, 부드럽고 따스한 대기 속을 편안하게 걸으면서 그 이상한 남자 혹은 거인이 만들어 준 우울한 생각을 지워 버리고, 미소 짓는 유쾌한 길이 굽이굽이 나 있는 전나무 숲 속으로 즐거이 걸어 들어갔다. 길과 숲의 바닥은 양탄자 같고, 숲 속은 마치 행복한 인간의 영혼 속처럼, 사원의 안처럼, 궁전처럼, 마술에 걸린 꿈속 동화의 성처럼, 모두 다 잠들어 백 년이라는 긴 세월 동안 침묵하고 있는 '잠자는 미녀'의 성처럼 조용했다. 나는 좀 더 깊숙이

들어갔는데, 내가 황금빛 머리카락을 지닌 전투복을 입은 왕자로 보였다고 말한다면 그건 좀 심한 말이 될 것이다. 숲 속은 너무도 엄숙했고, 어느 틈엔가 아름답고 엄숙한 생각이 예민한 산책자를 사로잡았다. 달콤한 숲의 고요함과 평화로움에 나는 너무도 행복했다. 가끔씩 밖에서 나는 약한 소음이 이 조용한 은둔처와 매혹적인 어둠의 속까지 들어왔는데, 그건 쿵 하는 소리, 피리 소리 같은 것으로, 멀리서 들려오는 그 울림은 짙은 적막을 더욱더 고조시켰다. 나는 고요함을 마음껏 들이마시며 본격적으로 그 효과를 들이켜 음미했다. 고요함과 적막 가운데 가끔 새 한 마리가 매혹적이며 신성한 은닉처에서 밝은 소리를 냈다. 나는 걸음을 멈추고 귀를 기울였는데, 불현듯 세계에 대한 표현하기 힘든 감정과 그것과 관련해 영혼에서 강렬하게 우러나오는 격렬한 감사의 감정에 휩싸였다. 전나무들이 주랑(柱廊)처럼 하늘을 찌르듯 서 있고, 들리지 않는 온갖 소리가 울리며 메아리치는 넓고 고요한 숲 속에는 움직이는 것이 하나도 없었다. 어디에서 오는지 알 수 없는 태고의 소리가 내 귓가에 들렸다. "오, 피할 수 없는 것이라면 나도 종말을 이렇게 맞이하며 죽고 싶다. 그러면 무덤에서도 추억이 나를 행복하게 해 줄 것이고, 죽음 가운데서도 감사의 마음이 나를 기쁘게 할 거야. 즐거움에 대한, 기쁨에 대한 감사의 말, 희열에 대한 감사의 말 그리고 삶에 대한 감사의 말과 기쁨에 대한 기쁨." 나지막하고 맑은 바스락거리는 소리가 저 위 전나무 우듬지에서 들려왔다. "사랑과 입맞춤이 여기선 천국처럼 아름다울 거야."라고 나는 혼잣말을 했다. 편안한 땅바닥을 걷는 것만으로도 즐거웠고, 고요함은 부드러운 마음에 기도의 불을 질렀다. "여기서 죽어 눈에 띄지 않은 채 서

늘한 숲의 대지에 눕게 된다면 달콤할 거야. 아, 죽음 가운데서도 죽음을 느끼고 향유할 수 있으면 좋을 텐데! 아마 그럴 수 있을지 몰라. 숲 속에 조용하고 작은 무덤을 갖게 된다면 아름다울 거야. 아마 나는 새들의 노래와 내 위에서 숲이 살랑대는 소리를 듣겠지. 그렇게 되면 좋겠어." 햇살이 참나무 사이 숲 속으로 화사하게 비쳐 들어 숲은 마치 아름다운 녹색의 무덤처럼 보였다. 곧 나는 다시 환한 바깥으로, 삶으로 되돌아왔다.

이제 나타난 것은 음식점인데 아주 세련되고 매력적이고 유혹적인 곳으로, 내가 지금 막 빠져나온 숲의 끝자락에 위치해 있는데, 아름다운 뜰에는 상쾌한 그늘이 가득했다. 뜰은 전망 좋은 나지막한 언덕에 자리하고 있는데, 바로 그 옆에는 인공으로 만든 특별 전망대 혹은 원탑(圓塔)이 있어 거기에 서서 상당히 오랫동안 아름다운 전망을 즐길 수 있도록 돼 있었다. 맥주나 포도주 한잔하는 것도 나쁘지 않을 것이다. 하지만 여기를 산책하는 사람은 자신이 결코 별로 힘든 행군을 하는 중이 아니라는 사실을 금방 깨닫게 된다. 힘들어 뵈는 산들은 푸르른 빛을 발하는, 하얗게 안개 낀 저 멀리에 있다. 솔직히 말하면 지금까지 별로 많이 걸어온 것이 아니기 때문에, 죽을 정도나 못 참을 정도의 갈증은 아니다. 지금 걷고 있는 건 여행이나 등산이라기보다 간단하고 쉬운 산책일 뿐이고, 강압적인 행진이나 행군이 아니라 조용히 한 바퀴 도는 일이기 때문에 공정하게, 이성적으로 생각해서 나는 음식점이나 술집 같은 데 들어가지 않고 그냥 발길을 재촉하기로 한다. 진지한 사람들은 모두들 이 아름다운 결정과 선의에 틀림없이 열렬한 박수를 보낼 것이다. 한 시간 전에 내가 젊은 여가수에 관해 이야기 하지 않았던가? 이제 그녀가 등장한다.

우선 1층에 있는 창이 나타난다.

왜냐하면 이제 내가 숲을 다 돌고 다시 큰길로 나왔는데 무슨 소리가 들렸기 때문이다.

잠깐! 여기서 잠시 쉬자. 자신의 직업을 잘 아는 작가들은 아무렇지도 않게 이런 일을 한다. 다시 말해 가끔씩 펜을 손에서 내려놓는다. 계속 글을 쓰는 일은 땅파기처럼 피곤하다.

1층 창문에서 내가 들은 소리는 귀엽고 달콤한 민요 혹은 오페라 곡인데, 놀란 내 귀에 아침 청각(聽覺)의 사치, 오전 음악회가 완전 무료로 들려왔다. 아직 학생처럼 보이지만 늘씬하게 다 자란 어느 소녀가 밝은색 원피스를 입고 교외의 초라한 창가에 서서, 푸른 하늘을 향해 너무도 매혹적으로 노래하고 있었다. 좀 놀랐지만 나는 뜻하지 않은 노래에 마음을 뺏겨 가수를 방해하지 않으려고, 또 노래를 듣는 행운과 기쁨을 놓치지 않으려고 옆으로 물러섰다. 소녀가 부르는 노래는 즐겁고 귀여운 노래인 것 같았다. 노래는 마치 어리고 천진한 삶의 행복, 사랑의 행복 그 자체 같았다. 눈처럼 하얀 행복의 날개를 단 천사처럼 노래는 하늘로 올라갔다가 거기에서 다시 아래로 떨어져 미소 지으며 죽는 것 같았다. 그것은 마치 괴로움으로 인한 죽음, 너무도 감미로운 기쁨으로 인한 죽음, 사랑과 삶이 너무도 행복하고 삶을 너무도 풍부하고 아름답게 생각하기에 삶을 지속할 수 없음으로 인한 죽음 같았다. 말하자면 삶 속으로 마구 밀려오는, 정겹고 사랑과 행복이 넘쳐 나는 생각이 황급히, 서두르듯 사라지는 것 같았다. 소녀가 소박하면서도 풍성하고 매혹적인 노래를, 마음을 녹이는 모차르트 혹은 목동의 노래를 끝내자 나는 다가가 인사를 건네고, 아름다운 목소리를 축하할 수 있도록 허락을 구한 뒤, 남다르게 감정이 넘치는 그녀의 노래를 칭찬했다. 어린 여가수는 소녀의 모습을 한 노루 혹은 일종의 영양(羚羊)처럼 보였는데, 아름다운 갈색 눈은 놀라 의아한 눈빛으로 나를 바라보았다. 소녀는 아주 섬세하고 부드러운 얼굴을 하고 있었는데, 예쁘고 공손한 미소를 보냈다. 내가 그녀에게 말했다. "만약 그 아름답고 풍성한 목소리를 갈고닦아 훈련을 받는다면, 그러려면 본인과 다른 사람의 이해가 필요할 테지만, 그렇게 하면 빛나는 미래와 화려한 진로가 앞에 펼쳐질 겁니다. 왜냐하면 솔직하고 정직하게 말해서, 내가 보니 그대는 장래에 위대한 오페라 가수가 될 게 확실하거든요. 틀림없이 그대는 현명하고, 부드럽고 유순하고, 내 추측이 틀리지 않다면 마음에 확고한 담대함도 지니고 있어요. 열정과 뚜렷한 내면의 고귀함을 갖고 있습니다. 그대의 노래에서 나는 그걸 금방 느꼈습니다. 당신은 재능 그 이상을, 분명히 천재성을 가지고 있습니다. 내 말은 헛소리나 거짓말이 절대로 아닙니다. 그래서 부탁하고 싶은 건 고귀한 재능에 관심을 가지고 망가트리거나 훼손하거나 일찍부터 생각 없이 마구 사용하지 말라는 것입니다. 내가 지금 솔직하게 말할 수 있는 건 당신이 아주 아름답게 노래한다는 것, 그리고 그것이 매우 중요하다는 점입니다. 그것은 많은 의미를 가지는데, 무엇보다도 매일 부지런히 계속 노래를 불렀으면 하고 부탁드린다는 뜻입니다. 현명하고, 아름답게, 절제하면서 연습하고 노래하십시오. 당신 자신은 자신이 가진 보물의 길이와 넓이를 완전하게 알지 못합니다. 당신의 노래 속에는 이미 수준 높은 자연이, 풍부한 미지의 생명과 삶이, 풍성한 시(詩)와 인류애가 들어 있습니다. 그렇기 때문에 난 당신에게 틀림없이 천재적인 가수가 될 것이라고 말할 수 있고, 당신에게 확신을 줄 수도 있는 겁니다. 왜냐하면 당신은 진실로 본성에서부터 우러나오는 노래를 부르고, 일단 그걸 시작하면 존재하는 모든 삶의 기쁨을 노래라는 예술로 승화시켜, 인간적이며 사적으로 중요한 모든 것, 내면에 충만한 모든 것, 알고 있는 모든 것을 좀 더 고양된 어떤 것, 일종의 이상으로 승화해야만 살아갈 수 있고 자신의 삶을 기뻐할 수 있는 그런 사람으로 보이기 때문입니다. 아름다운 노래는 항상 압축되고 압착된 경험, 감정, 느낌, 답답한 삶과 활기찬 내면의 폭발할 듯한 집합체이며, 여성은 그런 종류의 노래로 좋은 상황을 잘 이용해 우연이 만들어 준 사다리를 타고 올라가면 음악계라는 하늘의 스타가 되어 많은 사람의 감정을 움직이고 큰 부(富)를 얻을 수 있고, 청중이 몰려와 정신없이 박수 세례를 퍼붓고 왕과 왕비의 진정한 사랑과 칭송도 끌어모을 수 있기 때문입니다."

소녀는 진지하게, 놀라서 내가 하는 말에 귀를 기울였는데, 나는 내 자신이 즐거우리라는 생각에서만 그런 말을 한 것이 아니라, 어린 사람이 고마워하며 내 말을 이해해 주기를 바라서 그리한 것이다. 아직 그녀는 필요한 만큼 성숙하지 않았기 때문이다.

벌써 저 멀리 내가 건너가야 할 기차 건널목이 보인다. 하지만 아직 남은 것이 있다. 여러분이 꼭 알아야 하는데, 그 전에 나는 두세 가지 중요한 임무를 처리하고 몇 가지 불가피한 일도 마무리해야 하는 까닭이다. 이 임무에 관해서는 아주 상세하고, 될 수 있는 한 자세히 보고하고, 완수 혹은 완성해야 한다. 우선 산책하는 중에 내가 새 양복 때문에, 즉 양복을 입어 보고 수선하기 위해서 고상한 남성복 가게 혹은 양복 살롱에 들른 일을 이야기할 수 있도록 자비롭게 허락해 주기 바란다. 두 번째로 나는 구청 혹은 세무서에도 들러 무거운 세금을 내야 하고, 세 번째로는 중요한 편지를 우체국으로 가지고 가서 우체통에다 넣어야 한다. 이걸 보면 내게 할 일이 많고, 얼핏 보기엔 건들거리면서 편하게 산책하는 듯하지만 실제적으로 처리해야 할 용무가 많다는 점을 알게 될 것이고, 나 스스로 호의를 가지고 내가 지체하는 걸 용서하고, 자꾸만 늦어지는 것을 용납하며, 내가 직장인, 사무실 사람들하고 오래 논의하는 일을 허락하고, 그뿐만 아니라 그런 것을 환영할 만한 덤, 재미에 도움을 준다고 할 수도 있을 것이다. 이러느라고 파생된 길이와 넓이, 폭에 대해서 미리 양해를 구하는 바다. 하지만 지금껏 어떤 향토 작가나 대도시 작가가 이보다 독자들에게 더 겸손하고 예의 바른 적이 있었는가? 내 생각에는 별로 그렇지 않은 것 같다. 그렇기 때문에 나는 아주 양심 편하게 이야기와 수다를 이어 나가면서 다음 이야기로 넘어간다.

하느님 맙소사, 이제야말로 저녁 혹은 점심을 먹기 위해 에비 부인 댁에 가야 할 시간이다. 곧 12시 반이다. 다행히도 부인은 아주 가까운 곳에 살고 있다. 나는 그저 집 안으로 뱀장어처럼, 개구멍으로 들어가듯, 불쌍하고 배고픈 사람이나 형편없는 파탄자들을 위한 쉼터로 들어가면 된다.

에비 부인은 나를 아주 반갑게 맞이했다. 나의 약속을 지키는 능력은 명품이었다. 명품이 얼마나 찾아보기 힘든 것인지 모두들 안다. 내가 나타나자 에비 부인은 아주 다정하게 미소를 보냈다. 그녀는 나를 매혹하는 진심 어리고 애교 있는 태도로 자신의 아름다운 작은 손을 내밀더니 곧장 날 식당으로 안내해 식탁에 앉혔다. 물론 나는 고마워하며 아주 즐거운 마음으로 거리낌 없이 그대로 따랐다. 아무런 우스꽝스러운 상황도 만들지 않고 나는 차분히, 편하게 식사를 시작했고 과감하게 먹었는데, 나한테 어떤 일이 닥칠지 전혀 모르는 상태였다. 아무튼 나는 용감하게 앉아서 과감하게 먹기 시작했다. 그런 종류의 대담성에는 자제가 별로 필요 없다. 그러다가 나는 에비 부인이 나를 주의 깊게 바라보고 있는 사실을 알아차리고 좀 놀랐는데, 그런 일은 좀 특별한 까닭이었다. 내가 앉아 식사하는 걸 바라보는 것이 그녀에게 감동적인 일인 게 확실했다. 이 특이한 현상에 놀랐지만, 나는 거기에 큰 의미를 두지 않았다. 그런데 내가 재미있게 이런저런 얘기를 시작하려고 하자 에비 부인은 말을 막으면서 아무리 즐거운 이야기도 필요 없다고 말했다. 나는 그 이상한 말이 이해가 안 되었고, 서서히 두렵고 불안해졌다. 남모르게 나는 에비 부인을 무서워하기 시작했다. 배가 부른 게 확실해서 내가 식사를 중단하려고 하자, 부인은 엄마가 꾸중하듯이 달콤한 표정과 목소리로 나지막이 말하는 것이었다. "전혀 잡수지 않았네요. 잠깐만요. 여기 아주 먹음직스러운 큰 조각을 잘라 드릴게요." 전율이 나를 사로잡았고, 나는 공손하고 얌전하게 내가 여기에 온 건 무언가 지적인 이야기를 나누고 싶어서라고 용기 내서 말했지만, 에비 부인은 사랑스러운 미소를 보내며 그런 건 조금도 필요 없는 일이라 생각한다고 말했다. "더 이상 먹는 건 불가능합니다." 침울하고, 기가 죽어서 내가 말했다. 나는 거의 숨 쉬지 못할 정도였고, 두려운 나머지 땀까지 흘리고 있었다. 에비 부인이 말했다. "당신이 벌써 식사를 그만두는 걸 나는 받아들일 수 없고, 정말로 배가 부르다는 말도 절대로 믿지 않아요. 숨이 막힐 정도라고 하는데, 당신은 진실을 말하지 않는 게 확실해요. 나는 그게 단지 예의상 하는 말이라고 생각할 수밖에 없어요. 이미 말했지만, 나는 어떤 재미있는 이야기도 듣기 싫어요. 당신이 우리 집에 온 주된 이유는 배고프고, 대식가라는 사실을 증명하고 보여 주기 위해서입니다. 어떤 일이 있어도 나는 이 생각을 포기할 수 없어요. 진심으로 내가 당신에게 바라는 것은 피할 수 없다면 자발적으로 받아들이라는 겁니다. 왜냐하면 내가 확실하게 말하는데, 당신에게 내가 잘라 준 것과 잘라 줄 것 모두를 말끔하게 다 먹어 치우기 전까지, 당신에겐 이 식탁에서 일어설 수 있는 다른 가능성 따위는 없습니다. 당신이 말도 안 되는 실수를 할까 봐 나는 걱정스러워요. 왜냐하면 자기 집에 온 손님이 식사를 시작하면서부터 배가 터질 정도로 과식하기를 강요하는 주부들이 많다는 걸 알아야 하거든요. 당신 앞에는 한심하고, 형편없는 운명이 놓여 있으니, 용감하게 버텨야만 합니다. 우리 모두는 언젠가 큰 희생을 겪게 될 거예요. 그러니 복종하고 잡수세요. 복종은 달콤한 겁니다. 난 당신이 여기 있는 아주 맛있고, 부드럽고 큰 조각을 틀림없이 먹을 수 있다는 사실을 압니다. 자, 어서 용기를 내세요. 우리 모두에겐 대담성이 필요합니다. 우리가 계속 자신의 의지에만 머무르려고 한다면 우린 완전히 무가치하겠죠. 있는 힘을 다해서 최상의 것을 이루고, 힘든 것을 참아 내고, 어려운 것을 버텨 내도록 노력하세요. 당신이 정신을 잃을 정도로 식사하는 모습을 보면 내가 얼마나 기쁜지 당신은 몰라요. 그걸 거부하면 내가 얼마나 슬픈지 상상도 못 할 거예요. 그러지 않을 거죠, 그렇죠? 목까지 차오를 정도로 배가 불러도, 계속 씹어 삼킬 거죠, 그럴 거죠?"

"무서운 부인, 대체 나를 어떡할 작정인가요?" 내가 소리 치고 식탁에서 벌떡 일어나, 거기서 벗어나 도망치려는 얼굴을 했다. 그러자 에비 부인은 나를 붙잡아 큰 소리로 마음껏 웃더니, 농담하려고 한 것이라며 호의를 가지고 나쁘게 생각하지 말아 달라고 고백했다. "나는 그저 너무 친절한 나머지 손님한테 지나치게 행동하는 어떤 여자들의 한 가지 예를 보여 주려고 한 것뿐이에요."

나도 웃지 않을 수 없었다. 그리고 에비 부인의 그런 대담함이 마음에 든다고 고백할 수 있었다. 그녀는 오후 내내 나를 곁에 붙잡아 두려고 했는데, 난 유감스럽게도 처리해야 하는, 미룰 수 없는 중요한 일이 좀 있어서 더 이상 함께 있는 게 불가능한 일이라고 말했다. 이에 그녀는 화를 냈다. 내가 그렇게 빨리 헤어져야만 하고 헤어지기를 원하자 에비 부인은 정말로 애석해했고 그것을 보자 나는 기분이 으쓱해졌다. 헤어져 사라지는 일이 그렇게 피할 수 없이 중요한 거냐고 그녀가 나에게 물었고, 거기에 나는 피치 못할 일이 있다는 인사만 남기면서, 이렇게 편안한 집과 매력적이고 존경스러운 사람과 빨리 헤어지는 것 말고는 별다른 도리가 없다고 거룩하게 단언했다.

이제 나는 어느 면에서도 확고하고 대단한 능력의 완벽성으로 자신만만한, 자신의 가치와 능력에 완전히 사로잡힌, 자신감에 차서 조금도 흔들리지 않는, 고집 세고 다루기 힘든 재단사 혹은 양복장이를 누르고, 제어하고, 정복하고, 뒤흔들어야 한다. 최고의 양복장이가 지닌 자신감을 마비시키는 일이야말로 가장 힘들고 어려운 과제 중의 하나로 대담성이 필요하고, 앞으로 밀어붙이는 확고하고 흔들림 없는 자신감이 요구되는 일이다. 양복장이와 그들의 안목에 나는 항상 엄청난 두려움을 가지고 있는데, 나는 이 슬픈 고백이 전혀 부끄럽지 않다. 왜냐하면 이 경우에 두려움이 설명되고 이해가 가능하기 때문이다. 나는 끔찍한 사태, 아주 끔찍스러운 최악의 사태에도 맞설 준비가 되어 있었고, 용기, 고집, 분노, 분격, 모멸, 죽음의 멸시 같은 성격을 가진 이 엄청나게 위험한 공격전에 맞서 스스로 무장되어 있었고, 비할 데 없이 귀한 이런 무기를 가지고 예리하게 비꼬는 말과 가짜 진심 뒤에 숨은 비웃음에 맞서 성공적으로, 승리를 쟁취하도록 맞서 싸울 작정이었다. 하지만 마음을 바꾸었다. 우선 나는 잠시 침묵하려 하는데, 일단 편지 한 장부터 부쳐야 하기 때문이었다. 나는 먼저 우체국으로 가고, 그 뒤에 양복점으로, 그런 다음에 세금을 내기로 결심했다. 우체국은 군침 도는 건물로, 바로 코앞에 있었다. 즐거운 마음으로 나는 그 안으로 들어가 담당 직원에게 편지에다 붙일 우표 한 장을 부탁했다. 편지를 조심스럽게 우체통에 넣으면서 나는 차분한 마음으로 내가 쓴 것을 저울질하고 점검해 보았다. 편지 내용은 내가 잘 아는데, 다음과 같았다.

존경하는 분께
이 특이한 인사말을 보면 당신께서는 편지 발신인이 당신에게 매우 냉담하다는 것을 확실하게 느끼실 겁니다. 당신에게도, 당신과 비슷한 사람들한테도 나에 대한 존경심을 기대할 수 없다는 사실을 난 압니다. 당신이나 당신 비슷한 사람들은 스스로 대단하다고 생각하기에, 바로 그런 점 때문에 이해심과 배려하려는 마음을 가지지 못한 까닭입니다. 당신이 염치없고 불손하기 때문에 스스로 강하다고 생각하고, 비호받고 있는 덕에 스스로 강하다고 생각하며, '현명'이라는 단어가 머리에 떠오르기 때문에 스스로 현명하다고 생각하는 그런 사람들 중의 한 사람이라는 걸 나는 확실히 압니다. 당신 같은 사람들은 가난한 사람에게, 보호받지 못하는 사람에게 마구 가혹하고, 뻔뻔하고, 거칠고, 폭력적입니다. 당신 같은 사람들은 자신이 특별히 똑똑하다고 생각하기에 어디에서나 맨 위에 자리하고, 어디에서든 우월한 위치를 차지하고, 언제라도 이기는 게 마땅하다고 생각합니다. 당신 같은 사람들은 그런 것이 어리석은 짓이며, 가능성의 범위 안에 들어 있지도, 바람직하지도 않은 일이라는 것을 알지 못합니다. 당신 같은 사람들은 위선가로, 언제라도 야만성을 멋대로 휘두를 태세를 갖추고 있습니다. 모든 진정한 용기가 손해를 불러오기 때문에 당신 같은 사람들은 모든 진정한 용기를 살짝 피하면서, 자신을 좋은 사람, 아름다운 사람으로 내세우는 일에 엄청 많은 관심과 대단히 많은 노력을 기울이는 데에만 매우 용감합니다. 당신 같은 사람들은 나이, 업적뿐 아니라 노동까지도 존경하지 않습니다. 당신 같은 사람들은 돈을 존경하는데, 돈에 대한 존경심은 당신들이 다른 것을 높게 평가하는 일을 막습니다. 정직하게 일하고 열심히 노력하는 사람은 당신 같은 사람들의 눈에는 뻔히 바보로 보입니다. 내 말은 틀림없이 맞습니다. 나의 새끼손가락이 내가 옳다고 하니까요. 나는 감히 당신이 자기 직위를 오용하고 있다고 당신 면전에 대고 말합니다. 당신이 얼마나 복잡하고 불편하게 얽혀 있는지는 스스로 잘 알 것입니다. 누군가가 당신을 건드릴 수만 있다면 말입니다. 당신은 은혜와 은총을 누리며, 유리한 조건에 둘러싸여 있어도 언제나 공격 태세입니다. 스스로 얼마나 불안정한지 너무도 확실하게 느끼고 있는 까닭이죠. 당신은 신뢰를 배반하고, 약속을 안 지키고, 별 생각 없이 당신과 가까운 사람들의 가치와 명성을 가차 없이 무너트리고, 선행을 행하는 척하면서 무자비하게 착취하고, 업무를 떠벌리고, 착한 직원들을 폄하합니다. 변덕이 심하고 믿을 수 없으며 인품으로 말하자면 성인 남자가 아니라 어린 여자애한테나 대충 용서가 되는 수준입니다. 내가 당신을 엄청 모자라는 사람으로 생각하는 걸 용서하시고, 앞으로 업무에서 당신을 완전히 기피하며, 이제 내가 당신을 알게 된 특별함과 작은 기쁨에서, 여느 사람한테 절대적으로 가졌던 꼭 필요한 양의 존경심마저 배제하는 게 정말로 바람직하다고 확신하게 됐다는 걸 알고 허락해 주십시오.

　나중에야 이 편지가 살벌하다고 생각하게 됐는데, 이 살벌한 편지를 우체국으로 들고 가서 부쳤다는 사실이 좀 후회스러웠다. 왜냐하면 다른 사람도 아닌 높은 위치의 영향력 있는 인물한테 나 스스로 끔찍한 분란을 야기했고, 아주 이상적인 방식으로 사교적, 아니 경제적 관계의 파탄을 선언했기 때문이었다. 어쨌든 이제 도전장은 떠났고, 나는 그 사람 혹은 존경할 만한 그 분이 그 편지를 아마 읽지도 않을 것이라고, 아마 두세 번째 단어를 보고 음미하자마자 읽는 것을 집어치우고 더 이상 시간과 기력을 낭비하지 않은 채 심한 욕지거리를 내뱉으면서 모든 불쾌한 것을 집어삼켜 담아 두는 쓰레기통에다 던져 버릴 것이라고 나 자신에게 말하면서 스스로를 위로했다. "그리고 이런 것은 30분 혹은 15분이면 잊어버리기 마련이야." 이렇게 결론을 내리고 생각을 정리한 다음 나는 대담하게 양복점으로 계속 행진했다.

양복장이는 즐겁게, 세상에서 가장 자신감 있는 태도로 향기로운 옷감과 자투리가 빽빽하게 잔뜩 쌓여 있는 자신의 아담한 양복점 혹은 작업실에 앉아 있었다. 평화로운 풍경을 완벽하게 만들기 위해 새집 혹은 새장에는 새 한 마리가 시끄러운 소리를 내고 있었고, 부지런하고 약삭빠른 제자는 한창 재단에 몰두해 있었다. 재단사 된 씨는 나를 보자 열심히 바늘과 씨름하며 앉아 있던 의자에서 예의 바르게 일어나 방문객을 다정하게 맞았다. "양복 때문에 방문하셨군요. 틀림없이 완벽하게, 고객님께 딱 맞게 완성해서 보내 드릴 참입니다."라고 하면서 그가 좀 지나칠 정도로 돈독하게 악수를 청했고, 나는 주저하지 않고 요란하게 악수를 했다. "신나고 기대에 차서 가봉을 하러 왔는데, 여러 가지가 좀 걱정됩니다."라고 내가 대답했다.

된 씨는 나의 모든 걱정이 불필요하고, 재단이든 매무새든 자신 있다고 말하면서 나를 옆방으로 데리고 가더니, 그 자신은 곧 다시 나갔다. 그는 반복해서 장담하고 확언을 했는데, 그 점이 별로 내 맘에 들지 않았다. 가봉을, 그리고 그것과 밀접하게 연관된 절망을 나는 당장 끝장낸다. 끓어오르는 불쾌감을 억누르면서 내가 급히, 요란하게 된 씨를 불러 가능한 한 아주 침착하고 점잖게 불만을 표시하면서 마음에 들지 않는다고 화를 냈다. "내 이럴 줄 알았습니다!"

"경애하는 고객님, 쓸데없이 흥분하지 마십시오."

난 아주 힘겹게 입을 열었다. "여기엔 흥분하고 절망할 일들이 너무 넘쳐 납니다. 공연히 달래려고만 하지 말고, 나를 진정시키려면 제발 내 말에 귀를 기울여 주세요. 흠잡을 데 없는 옷을 만들기 위해서 선생이 했다는 작업에 나는 굉장히 당황했습니다. 내가 생각한 자질구레한 혹은 자질구레하지 않은 모든 걱정이 현실이 되었고, 최악의 예상이 그대로 적중했습니다. 당신은 어떻게 내 옷의 재단과 매무새를 그렇게 보장하고, 어떻게 당신 직업에서 자기가 최고라고 내게 자신 있게 말할 용기를 가졌나요. 당신이 조금이라도 정직하고 눈곱만큼이라도 솔직하고 지각 있는 사람이라면 내가 망했다고, 당신의 그 귀하고 훌륭한 회사가 보내 올 완벽하다는 그 양복을 엉망이라고 인정할 수밖에 없는데 말입니다."

"죄송하지만 '엉망'이라는 말은 인정 못 합니다."

"내가 좀 진정을 해 보죠, 된 씨."

"감사합니다. 그렇게 잘 이해해 주시니 기쁩니다."

"내가 지금 차분하게 입어 본 결과 착오와 결함, 엉망인 걸로 밝혀진 이 양복을 대폭 수선할 수 있도록 허락해 주십시오."

"그러시죠."

"내가 느낀 불만족, 불쾌감, 슬픔이 당신이 나를 화나게 만들었다고 당신에게 말하게끔 합니다."

"다짐하건대 죄송합니다."

"나를 화나게 하고 기분 나쁘게 해서 죄송하다고 다짐하며 말하는 당신의 열성으로는 잘못된 양복을 조금도 고칠 수 없고, 나는 그것을 눈곱만큼도 인정할 수 없고, 받아들이는 것 또한 강력히 거부합니다. 도저히 박수를 보내거나 동의할 수 없기 때문입니다. 윗옷에 관해 말하자면 그 옷은 나를 곱사등의 흉한 인간으로 만드는데, 나는 이 볼품없는 꼴을 어떤 경우에도 받아들일 수가 없습니다. 몸을 이렇게 악의적으로 변형, 과장시킨 데 대해 나는 항의해야겠습니다. 소매는 엄청나게 길어서 입기 힘들고, 조끼는 엄청나게 펑퍼짐해서 그걸 입은 사람을 배가 나온 흉한 모습으로 만듭니다. 바지 혹은 바지의 천은 정말 끔찍합니다. 바지 디자인과 아이디어는 그야말로 전율을 일으킬 정도입니다. 이 처량하고 어리석고 우스꽝스러운 바지라는 작품은, 폭이 필요한 곳은 옥죌 정도로 좁고, 좁아야 할 부분은 지나칠 정도로 넓습니다. 뒨 씨, 당신이 해 놓은 일엔 도대체 상상력이 없고, 당신의 작품은 부족한 지능을 드러냅니다. 이 옷에는 무언가 처량하고, 무언가 별 볼 일 없는, 무언가 우둔한, 무언가 볼품없는, 무언가 우습고, 무언가 두려운 것이 있습니다. 이 옷을 만든 사람은 틀림없이 발랄한 감각이 부족한 사람으로, 유감스럽지만 재능이 전혀 없는 사람으로 보입니다."

뻔뻔스럽게도 뒨 씨가 나에게 대꾸했다. "나는 선생께서 화내는 것을 이해할 수 없고, 이해할 생각도 없습니다. 난 선생이 나한테 해야 한다고 생각하는 그 수많은 격렬한 비난을 이해할 수 없고, 앞으로도 이해할 수 없을 겁니다. 양복은 아주 잘 어울립니다. 어느 누구도 내 생각을 바꿀 수 없습니다. 그 옷을 입으면 당신이 아주 돋보일 것이라는 생각을 나는 자신 있게 선언하는 바입니다. 이 옷의 독특한 특성이나 개성은 시간이 좀 지나면 곧 익숙해질 것입니다. 고위직 공무원도 나한테 극히 소중한 필수품을 주문하고, 고맙게도 재판장님들까지도 나한테 일을 맡깁니다. 내 업무 능력에 대해서는 이런 확실한 증거면 충분할 겁니다. 난 당신의 이상한 기대나 상상에까지 상관하고 싶지 않습니다. 그리고 최고 재단사인 나 뒨으로 말하자면 거만한 당신의 요구를 절대로 받아들이지 않겠습니다. 당신보다 더 나은 지위의 사람들, 더 높은 사람들이 모든 면에서 내 솜씨와 능력에 만족하고 있으니까요. 이 말에 당신은 할 말이 없을 겁니다."

무슨 말을 더 하는 것이 불가능하다고 느낄 수밖에 없었고, 너무 불같고 저돌적인 나의 공격이 고통스럽고 창피스러운 패배로 바뀌었음을 받아들일 수밖에 없었기 때문에, 나는 불행한 전투에서 군대를 철수시키고 얼른 자리를 피해 부끄럽게 그곳을 빠져나왔다. 양복점 주인과의 용감한 모험은 그런 식으로 끝이 났다. 아무것도 돌아보지 않고 나는 세금 때문에 서둘러 구청 골목 혹은 세무서로 걸음을 돌렸다. 하지만 여기서 나는 큰 과오를 수정해야만 한다.

나중에야 생각났는데, 문제가 되는 것은 돈을 내는 일이 아니라 일단 고명한 세수(稅收) 위원장과의 면담 약속, 그리고 급부(給付) 혹은 양여(讓與)에 관한 엄숙한 선언이었다. 여러분은 내 착오를 불쾌하게 생각하지 말고 이 문제에 대해 내가 해야 하는 말을 너그럽게 경청해 주기 바란다. 완강하고 고집 센 재단사 된이 완벽하게 약속하고 보장한 것처럼 나 역시 해결해야 할 세금 문제에서 정확성과 세밀함, 그리고 명료함과 간결함을 약속하고 보장하는 바다.

당장에 나는 문제가 되는 매혹적인 상황으로 뛰어들어 간다. 나는 "말씀 좀 하겠습니다."라고 솔직 당당하게 세무 담당자 혹은 고위 세무사에게 말했고, 그는 경청하기 위해 공무원의 귀로 내 말에 귀를 기울였다. "나는 가난한 작가, 글 쓰는 사람 혹은 문인으로, 형편없는 수입밖에 없습니다. 저에게서 어떤 재산 축적의 흔적을 발견하거나 찾을 수 없을 겁니다. 깊이 후회하며 말씀드리지만, 그렇다고 저는 처량한 현실에 절망하거나 눈물을 흘리진 않습니다. 흔히 말하듯 저는 근근이 살아갑니다. 사치와는 완전히 거리가 먼데, 그건 첫눈에도 알아보실 겁니다. 내가 먹는 음식은 부족함 없이 검소한 것입니다. 혹시 제가 다양한 수입의 주인이자 주인공이리라고 선생님께서 생각하실 수도 있으니, 공손하지만 확고하게 그런 믿음이나 모든 추측을 저지하고 가감 없는 진실을 말해야 하겠습니다. 저로 말하자면 어떤 경우에도 재물과는 전혀 관련이 없고, 반대로 온갖 종류의 빈곤에 시달리고 있으니, 선생님께서 호의를 가지고 이런 사정을 기입해 주시기 바라는 바입니다. 일요일이면 저는 거리에 나갈 수가 없는데, 정장이 없기 때문입니다. 여물고 아끼는 생활 방식에서 저는 들쥐를 닮았습니다. 지금 이 자리에 서 있는 보고자, 납세자보다 참새가 부자가 될 가능성이 더 높습니다. 나는 책을 썼습니다만 유감스럽게도 독자들의 마음에 들지 않았고, 그 결과 가슴이 찢어지고 말았습니다. 저는 선생님께서 이런 것을 통찰하고 저의 경제적인 상황을 이해해 주실 것으로 조금도 믿어 의심치 않습니다. 저는 시민으로서의 지위나 시민으로서의 자부심을 갖고 있지 못합니다. 그건 의심의 여지가 없습니다. 나 같은 사람이 짊어져야 할 의무감은 어디서도 찾아볼 수 없더군요. 극소수의 사람들만이 순수 문학에 대한 강한 관심을 가지고 있을 뿐이고, 우리 같은 사람들의 작품에 대해 누구나 할 수 있는 가차 없는 비판은 상처를 주는 커다란 씨앗이 되어, 편안한 행복을 이루는 것을 마치 걸림돌처럼 방해합니다. 물론 선량하고 자상한 후원자분들이 있어, 때때로 저를 아주 귀한 방식으로 지원해 줍니다. 하지만 선물은 수입이 아니고, 후원은 재산이 아닙니다. 존경하는 선생님, 이런 자명하고 확실한 근거에 따라 저는 저한테 통보된 어떠한 세금 인상도 선생님께서 포기해 주시기를, 그리고 저의 지불 능력을 가능한 한 낮게 평가해 주시기를 애원은 아니지만 간청드리는 바입니다."

소장님 혹은 세무사님이 이렇게 대답했다. "보니까 항상 산책을 다니시던데요!"

"산책은 말입니다." 내가 대답했다. "활기를 찾고, 살아 있는 세상과 관계를 정립하기 위해 반드시 해야 하는 일입니다. 세상에 대한 느낌이 없으면 나는 한 마디도 쓸 수가 없고, 아주 작은 시도, 운문이든 산문이든 창작할 수가 없습니다. 산책을 못 하면 나는 죽은 것이고, 무척 사랑하는 내 직업도 사라집니다. 산책하는 일과 글로 남길 만한 걸 수집하는 일을 할 수 없다면 나는 더 이상 아무것도 기록할 수 없고, 긴 노벨레는 물론이고 아주 짧은 글마저도 쓸 수 없습니다. 산책이 없다면 나는 그 무엇을 인지할 수도, 스케치할 수도 없습니다. 선생님처럼 명민하고 판단력 있는 분께서는 제 말을 금방 이해하실 겁니다. 멋진, 멀리 도는 산책을 하다 보면 수많은 유용한 생각이 머리에 떠오릅니다. 집에 갇혀 있으면 나는 처량해지고, 시들어 버립니다. 산책은 내 건강에 좋고 즐거울 뿐 아니라, 유익하고 쓸모가 있습니다. 산책은 직업 면에서 나를 지원하며, 동시에 개인적인 즐거움과 재미를 줍니다. 산책 한 번에 생기가 돌고, 위로가 되고, 즐거워집니다. 산책은 나에게 기쁨을 줄 뿐만 아니라, 계속 창작하도록 격려하고 박차를 가합니다. 산책은 크고 작은 다양한 대상들을 소재로 제공하기 때문에 산책을 마치고 집으로 돌아와 나는 열심히, 부지런하게 작업에 몰두합니다. 산책에는 언제나 볼만한, 느껴 볼 만한 의미 있는 현상들이 넘쳐 납니다. 즐거운 산책에는 대개 아주 작은 것일지라도 이미지와 생생한 시, 마법의 세계와 자연의 아름다움이 가득합니다. 자연과 지리에 대한 지식이 세심한 산책자의 감각과 눈앞에 매혹적으로, 우아하게 펼쳐집니다. 산책자는 아름다운 감각과 즐겁고 귀한 생각이 만개할 수 있도록 눈을 내리감지 말고 활짝 연 맑은 눈으로 산책을 해야 합니다. 어머니, 아버지 그리고 어린아이처럼 아름다운 자연이 계속해서 새롭게 선(善)과 미(美)의 샘물로 생기를 돋아 주지 않는다면 작가가 얼마나 가난해지고, 비참하게 좌절할 수밖에 없는지 생각해 보십시오. 저 바깥의 즐거운 야외에서 얻는 수업과 성스러운 황금의 교훈이 작가에게 얼마나 큰 의미를 지니는지 생각해 보십시오. 산책과 그에 따른 자연에 대한 관조가 없다면, 사랑스럽지만 동시에 경고 가득한 이런 탐구가 없다면 나는 버림받은 기분이고, 사실 버림받은 것입니다. 산책을 하는 사람은 아주 많은 사랑과 관심을 가져야 하고, 살아 있는 아주 작은 것, 아이 한 명, 개 한 마리, 모기 하나, 나비 하나, 벌레 하나, 꽃 한 송이, 남자 한 사람, 집 한 채, 나무 한 그루, 산울타리 하나, 달팽이 하나, 쥐 한 마리, 구름 하나, 산 하나, 나뭇잎 하나, 사랑스럽고 착한 학생이 처음으로 서툴게 글씨를 쓰다가 구겨 버린 종이 한 장까지도 연구하고 관심을 가져야 합니다. 높은 것과 낮은 것, 진지한 것과 우스운 것이 산책자에게는 똑같이 사랑스럽고, 아름답고, 가치가 있습니다. 어떤 과민한 자기애나 원망도 가져서는 안 됩니다. 작가는 자기중심적이거나 이기적이지 않은 시선으로 조심스럽게 사방을 둘러보고 훑어보아야 합니다. 사물에 대한 완전한 관조와 인지 속에서만 그는 자아에서 벗어날 수 있고, 마치 용감하고, 열심히 할 일을 하며 스스로를 희생하는 전방의 병사처럼 자신을, 자신의 슬픔, 요구, 결함, 궁핍을 도외시하고 무시하고 망각할 수 있습니다. 그렇지 않다면 그는 산보할 때 반만 집중하고 반만 정신을 차린 것인데, 그런 건 완전히 무가치한 일입니다. 언제나 연민하고, 공감하고, 감격할 수 있어야 하는데, 이것이 요구 사항입니다. 그는 높은 격정으로 올라갔다가 낮고 사소한 일상성 속으로 추락해야만 하고, 그것에 굴복할 수 있어야 하는데, 그럴 수 있을 것 같습니다. 진실하며 헌신적인 소멸, 대상 속으로 자아를 포기하는 것, 모든 현상과 사물에 대한 뜨거운 사랑이 그를 행복하게 하는데, 그것은 모든 의무를 완성했을 때 의무를 의식하는 사람이 내면 깊숙이 행복하고 풍요롭게 되는 것과 마찬가지입니다. 영혼, 몰입, 성실함이 그를 행복하게 만들어, 그를 종종 부랑자나 쓸모없는 건달이라는 소문과 악평이나 듣는 초라한 산책자 신세에서 더 높은 존재로 고양시킵니다. 그의 다양한 연구는 그를 풍부하게 하고 진정시키고 고귀하게 만들어, 거짓말처럼 들릴지 몰라도, 그가 치밀한 학문에 확실하게 가닿을 수 있도록 합니다. 분별 없는 부랑자로 보이는 그가 그럴 수 있으리라고 아무도 믿지 않지만 말입니다. 제가 끈질기게, 머릿속에서 끊임없이 일을 하고 있으며, 때로는 생각 없고 하는 일 없이 산으로 바다로 나다니는 정신없고, 게으르고, 몽롱하고, 태만하고 나쁜 인상을 주는 게으름뱅이, 책임감 없는 경솔한 인간으로 보일지 몰라도, 사실은 부지런하다는 것을 아시는지요? 은밀하고 비밀스럽게, 아름답고 세련된 다양한 생각들이 산책자의 뒤를 살그머니 따라오기 때문에 산책자는 부지런하고 신중한 발걸음을 멈추고 그 자리에 서서 귀를 기울이게 되는데, 기이한 느낌과 마술적인 영혼의 세계 속에서 계속 놀라며 정신없이 걷고 있는 기분이고, 갑자기 땅속으로 추락해서 눈부심 탓에 앞이 안 보이는 사상가나 시인의 눈앞에 심연이 열려 있는 느낌을 받게 됩니다. 머리가 앞으로 기울고, 보통 때는 활기 넘치던 발과 다리가 마치 마비된 것 같습니다. 동네와 사람들, 소리와 색깔, 얼굴과 형태, 구름과 햇빛이 그의 주위를 마치 그림자처럼 돌고, 그래서 그는 스스로에게 '여긴 어디지?'라고 묻지 않을 수 없습니다. 하늘과 땅이 흘러들어 한순간에 반짝이고 빛을 발하며 겹쳐서 흔들리는 알 수 없는 안개의 형상으로 와해됩니다. 혼돈이 시작되고, 질서가 사라집니다. 충격을 받은 그는 맑은 정신으로 돌아오려고 애를 쓰고 드디어 자신 있게 산책을 계속할 수 있게 됩니다. 선생님께선 혹시 부드럽고, 끈질긴 이런 산책에서 내가 거인과 마주치고, 교수를 만날 영광을 누리고, 서점 직원이나 은행원과 잠깐 만나고, 풋내기 젊은 여가수나 과거의 여배우와 이야기를 나누고, 유쾌한 숙녀분과 점심을 먹고, 숲 속을 거닐고, 위험한 편지를 부치고, 교활하고 비꼬기 좋아하는 재단사와 맞붙어 싸우는 게 전혀 불가능한 일이라고 생각하시나요? 하지만 그런 일은 가능한 일이며, 실제로 일어났습니다. 산책자에게는 항상 무언가 이상한 일, 많이 생각해야 하는 일, 경이로운 일이 따라다니는데, 만약 이런 정신적인 면에 관심을 갖지 않거나 그런 것을 무시하려 한다면 그는 어리석은 사람입니다. 하지만 산책자는 결코 그러지 않습니다. 오히려 그는 모든 특이하고 독특한 현상을 환영하고, 친구로 맞이하고, 함께 형제가 되어야 하는데, 왜냐하면 그런 것들에 매혹되기 때문입니다. 그는 이제 그런 현상들을 형체가 있는, 본체를 갖춘 형상으로 만들어, 형상들이 그에게 혼을 불어넣고 가르쳤던 것처럼 거기에다 형태와 영혼을 부여해야 합니다. 한마디로 저는 다른 사람들과 마찬가지로 죽도록 생각하고, 몰두하고, 파고들고, 발굴하고, 숙고하고, 글로 쓰고, 탐구하고, 연구하여 하루하루 일용할 빵을 법니다. 혹시 제가 아주 신난 얼굴로 보일지 몰라도 저는 굉장히 진지하고 양심적이며, 혹시 부드럽고 몽상적으로만 보일지 몰라도 저는 아주 굳건한 전문가입니다. 이 상세한 설명이 진심 어린 노력으로 선생님을 설득하고, 완전히 만족스럽게 해 드렸기 바랍니다."

직원이 말했다. "좋습니다." 그러면서 그가 덧붙였다. "선생님께서 방문하셔서 산정된 세금 액수를 가능한 한 낮춰 달라고 하시니 좀 더 자세히 검토한 뒤 곧 가부 여하를 통보해 드리겠습니다. 본인 상황에 대해 친절하게 알려 주시고, 열렬하고 솔직히 말씀해 주셔서 감사합니다. 일단 돌아가셔서 산책을 계속하십시오."

은혜롭게 풀려났기 때문에 나는 이제 기쁜 마음으로 그곳에서 벗어나 다시 밖으로 나간다. 해방감이 나를 사로잡아 먼 곳으로 몰고 간다. 용감하게 극복한 많은 모험 뒤에, 그리고 다소간의 승리로 극복한 수많은 어려운 장애를 넘어 나는 드디어 앞서 언급하고 소개했던 기차 건널목에 이르게 되었다. 거기서 나는 잠시 걸음을 멈추고 기차가 고속으로 깔끔하게 지나갈 때까지 얌전히 기다려야 한다. 다양한 연령과 개성이 풍부한 남자와 여자 들이 나처럼 걸음을 멈추고 차단기 앞에 서서 기다리고 있었다. 통통하고 친절해 뵈는 선로지기 아내가 조각물처럼 그곳에 선 채로, 둘러서서 대기 중인 우리들을 꼼꼼히 살펴보고 있다. 요란한 소리를 내며 달리는 기차에는 군인들이 가득했고, 사랑하는 고국에 몸 바쳐 헌신하는 군인들 모두가 창밖을 내다보고 있었다. 이쪽에서는 기차에 오르는 군인들 무리가, 저쪽에서는 쓸모없는 민간인 구경꾼들이 서로 인사를 주고받으며 애국심에 넘쳐 정겹게 손을 흔들었는데, 이 행동은 주변에까지 아름다운 분위기를 퍼트렸다. 차단기가 열리자 나는 다른 사람들과 함께 평화롭고 여유 있게 앞으로 걸어갔다. 이제 주변이 전보다 천배는 더 아름답게 느껴졌다. 산책은 점점 더 아름답고, 풍성하고, 규모가 커지는 것 같았다. 나에게는 이곳 철도 건널목이 정점(頂點) 혹은 중심으로, 여기서부터는 조금씩 끝을 향해 가는 기분이었다. 이미 평온한 저녁 시간이 시작된 것 같았다. 황금빛 애수의 환희, 달콤한 우수(憂愁)의 마술 같은 것이 고요하고 드높은 신(神)처럼 주위에서 숨을 쉬고 있었다. "여긴 지금 정말이지 아름다워."라고 나는 중얼거렸다. 눈물을 부르는 매혹적인 이별의 노래처럼 아름답고 소박한 초지와 밭, 집들이 있는 부드러운 대지가 저 멀리 보였다. 서민들의 나지막하고 오랜 비탄과 선량하고 가난한 시민들의 슬픔이 사방에서 들려왔다. 방대하고 유연하게 매혹적인 형상과 의상의 영혼들이 떠올라 오고, 아름답고 포근한 국도가 하늘색, 흰색, 황금빛으로 빛을 발했다. 감동과 희열이 하늘에서 내려오는 천사처럼 햇살을 부드럽게 포옹하며 감싸고, 황금빛으로 물들어 분홍빛 숨결을 쏟아 내는 가난한 사람들의 작은 집 위로 날고 있었다. 사랑, 가난, 은빛과 금빛의 숨결이 서로 손을 잡고 떠다녔다. 나는 마치 사랑하는 누군가가 내 이름을 부르거나 누군가가 내게 입맞춤해 주며 위로하는 것 같다고 느꼈다. 칭찬을 하고 무한히 아름답게 만들려는 전능한 신, 우리의 은혜로운 주님이 길 위에 나타난 것 같았다. 갖가지 생각, 환상이 나로 하여금 예수 그리스도가 부활하여 지금 사람들 사이에, 아름다운 대상들 가운데에서 이리저리 걷고 있다고 믿게 했다. 집, 밭, 사람들이 음악으로 바뀌었고, 모든 대상들이 영혼으로, 사랑으로 변모했다. 감미로운 은빛 베일과 영혼의 안개가 모든 것 안에 부유(浮游)하고, 모든 것을 둘러싸고 있었다. 세상의 영혼이 열리고 모든 고통, 인간의 모든 절망, 모든 악, 모든 고통스러운 것이 사라져, 이제부터는 다시 나타나지 않을 것 같았다. 지난날의 산책이 눈앞에 나타났지만, 소박한 현재의 경이로운 형상이 다른 것들을 압도하는 느낌이었다. 미래는 빛을 잃었고, 과거는 녹아 없어졌다. 활활 타고 피어오르는 찰나 속에서 나는 타오르며 꽃피었다. 아름다운 몸짓, 기쁨, 풍요로움을 지닌 위대하고 선한 것이 가까운 곳과 먼 곳에서 환하게 은빛으로 모습을 드러냈고, 이 아름다운 공간의 한가운데서 나는 단지 이곳만을 꿈꾸었다. 모든 다른 생각들이 가라앉아 무의미 속으로 사라졌다. 풍성한 대지 전체가 바로 내 앞에 놓여 있는데, 나는 극히 작은 것, 사소한 것만을 보고 있었다. 사랑의 몸짓으로 하늘이 일어나고 가라앉았다. 나는 내적 존재가 되어 내면 안으로 산책하는 것 같았다. 모든 외적인 것이 꿈이 되고, 지금까지 이해됐던 것이 이해되지 않는 것으로 바뀌었다. 나는 표면으로부터 엄청나게 깊은 곳으로 추락했는데, 난 그것을 한순간에 선(善)으로 인식했다. 우리가 이해하고 사랑하는 것이 우리를 이해하고 사랑한다. 나는 이제 더 이상 나 자신이 아니고 다른 사람이지만, 바로 그런 이유에서 다시 나 자신이 되었다. 달콤한 사랑의 빛 속에서 나는 내적인 사람이야말로 진정으로 존재하는 유일한 사람이 아닐까 하는 사실을 인식했고, 아니 인식한 것 같았다. 이런 생각이 나를 사로잡았다. "만약 신뢰할 수 있는 대지가 없다면 우리들 가난한 사람들은 어디에서 존재할 수 있을까? 우리에게 이런 아름다움과 선이 없다면 우리가 가질 수 있는 것은 무엇인가? 만약 내가 이곳에 존재할 수 없다면 나는 어디에 존재할 수 있을까? 나는 여기서 모든 것을 가지고 있고, 다른 곳에서는 아무것도 가질 수 없다."

내가 본 것은 작고 초라하지만 크고 의미 있는 것, 보잘것없지만 매혹적인 것, 가깝고 선한 것, 사랑스러우면서 따스한 것이었다. 활기 넘치는 편안한 이웃처럼 나란히 보이는 집 두 채가 환한 햇살 속에서 나를 즐겁게 했다. 즐거움은 계속됐는데, 부드럽고 편안한 대기에는 쾌적함이 넘쳐 나며 마치 기쁨을 억누르듯 떨고 있었다. 두 채의 작고 아담한 집 중에서 하나는 '곰'이라는 음식점인데, 간판에는 곰이 멋지고 재미있게 그려져 있었다. 아름답고 보기 좋은 그 집 위로 밤나무가 그늘을 드리우고 있는데, 거기엔 사랑스럽고, 착하고, 친절한 사람들이 살고 있을 게 확실했다. 그 집은 다른 건물들처럼 건방지지 않았고, 신뢰와 건실함 그 자체로 보였다. 눈길 가는 곳 어디나 풍성하고 흡족한 마당의 경치였고, 사랑스러운 나뭇잎들이 녹색으로 넘쳐 나며 뒤엉켜 흔들리고 있었다. 두 번째 집 혹은 오두막은 소박한 아름다움과 겸손함으로, 그림책에 나오는 천진하고 아름다운 한 쪽이나 달콤한 삽화처럼 매혹적이고 독특한 모습이었다. 집 주변의 세계는 오롯이 선하고 아름답게 보였다. 나는 그림처럼 아름다운 집에 완전히 반해서 진심으로 그 집에 들어가 거기에 눌러앉아 세를 얻고 영원히 그 마술의 집과 적막 속에서 행복하게 살고 싶었다. 하지만 유감스럽게도 아름다운 집들은 대개 누군가가 이미 그 안에 살고 있고, 한편 까다로운 취향에 맞는 집을 찾다 보면 어려움에 처하기 마련인데 가령 비어 있어서 들어가 살 수 있는 집은 종종 으스스하고 무시무시하기 때문이다. 아름다운 오두막에는 틀림없이 독신 부인이나 할머니가 살고 있는데, 그런 냄새가 풍기고 그렇게 보인다. 말해도 된다면 덧붙여 말할 수 있는 것은 그 집의 벽엔 아주 섬세하고 흥미로우며 고상한 프레스코 벽화가 그려져 있는데, 집 한 채, 베른 주 고산 지대[3]의 집 한 채가 묘사돼 있었다. 솔직히 그림 자체는 전혀 좋지 않다. 좋다고 말한다면 그건 뻔뻔한 짓이다. 하지만 나는 그런 그림이 너무나 좋다. 그런 그림은 단순하고 소박하지만 나를 매혹시킨다. 사실 그렇게 바보 같고 재주 없는 그림 모두가 나를 매혹하는데, 왜냐하면 그런 그림 모두가 첫 번째로 열성과 근면을, 두 번째로는 네덜란드를 생각나게 하기 때문이다. 보잘것없는 음악도 음악의 본성과 존재를 사랑하는 사람에게는 아름답지 않은가? 사람을 좋아하는 사람에게는 악하고 못된 인간이라도 누구나 다 사랑스럽지 않은가? 현실의 풍경 한가운데에 있는 그림 속 풍경은 별나고 매혹적이다. 그건 누구도 반박할 수 없다. 할머니가 오두막에 살고 있다는 사실을 나는 못 박거나 확실하다고 천명하지 못하겠고, 절대로 그렇게 받아들이고 싶지도 않다. 그런데 왜 내가 여기서 '사실' 같은 단어를 입에 올렸는지 이상하다. 어머니가 가슴에 품는 감정이나 예감처럼 모든 게 굉장히 상냥하고 애정이 넘치는 곳 같은데 말이다. 아무튼 그 집은 청회색으로 칠해져 있는데 미소 짓는 연녹색 덧창이 달려 있고, 그 주변의 마술 정원에는 아름다운 꽃들의 향기가 가득했다. 작은 별장 혹은 별채 위로는 아름다

3   아레 강과 론 강 사이, 서알프스 고산 지대를 일컫는 말이다.

운 장미로 꽉 찬 장미 덤불과 수풀이 멋지고 우아하게 늘어지고 휘어져 있었다.

내가 아프지 않고 건강하고 즐거울 때면, 난 내가 그러하기를 바라고 또한 그렇다고 믿어 의심치 않는데, 나는 편안한 마음으로 계속 걸어가면서 시골 이발소 앞을 지나친다. 하지만 지금 난 이발소의 내부나 주인에 관해 그냥 넘어가려고 하는데, 물론 그곳은 아주 멋지고 재미도 있지만 아직 내가 머리카락을 자르기에는 긴박하지 않다고 생각했기 때문이었다. 이제 나는 구둣방 앞을 지나가게 됐고, 그곳을 보면서 나는 불행한 작가 렌츠[4]를 생각해 냈다. 정신과 마음이 피폐해졌을 때 그는 구두 만드는 일을 배웠고, 구두를 만들었다. 길을 지나가면서 엄격한 여선생님이 질문하고 호령하는 교사(校舍)와 다정한 교실도 내가 들여다보지 않았나? 이 기회에 산책자는 얼마나 간절하게 다시 어린아이, 말 안 듣는 말썽쟁이 학생이 되어 학교에 다니고 싶은지, 못된 짓을 하고 잘못을 저지른 뒤 그에 대한 당연한 벌로 얼마큼 매를 실컷 맞고 싶은지 말하고 싶다. 처벌에 관해 이야기하고 있으니, 만약 농부가 아름다운 주변 경치나 자기 집의 아름다움, 그가 소유한 크고 오래된 밤나무 같은 것을 비열하고, 못되고, 어리석은 돈을 벌기 위해서 주저 없이 도끼로 넘어뜨린다면 우리는 얼마든지 그가 매를 맞아도 싸다고 생각한다는 걸 언급하고 끼워 넣어야겠다. 나는 크고 멋지게 자라난 밤나무가 있는, 그림처럼 아름다운 농가를 지났고, 때리며 벌주는 것에 대해 생각하게

---

4   Jakob Michael Reinhold Lenz(1751~1792): 슈투름운트드랑 시기의 희곡 작가로, 불안정한 성격과 광기로 러시아에서 객사했다.

되었다. 나는 큰 소리로 낭랑하게 소리쳤다. "이 크고 장대한 나무로 말하자면 집을 멋지게 보호하고 아름답게 만들고, 귀하고 유쾌한 편안함과 익숙한 고향 분위기를 거기에 깃들도록 한다. 이 나무는 신성(神性), 성전(聖殿)이며 돈 욕심, 이 세상에 존재하는 가장 천한 것, 가장 경멸스러운 것을 만족시키기 위해서 감히 이 황금빛의, 너무나 아름다운 녹색의 나뭇잎 마술을 없애 버리려는 잔인하고 양심 없는 주인에 대한 천 번의 매질이다. 그런 멍청이는 동네에서 내쫓아야 한다. 아름다움을 모독하고 파괴하는 사람들은 시베리아 벌판이나 뜨거운 남미로 쫓아 버려야 한다. 하지만 다행스럽게도 사랑스러운 것과 훌륭한 것에 대한 마음과 감각을 가진 농부들도 있다."

나무, 탐욕, 농부, 시베리아로 내쫓는 일, 나무를 쓰러트린 농부에게 벌을 주는 문제에서 내가 좀 심했던 것 같고, 내가 정신없이 화를 냈다는 사실도 고백해야겠다. 하지만 아름다운 나무를 사랑하는 사람들은 내 심정을 이해하고, 내가 그렇게 강하게 유감을 표현한 데에 동의할 것이다. 천 번 매질한다는 말은 미련 없이 취소한다. '멍청이'라는 표현에 대해서도 박수갈채를 포기한다. 나는 거친 말을 싫어하는 사람이기에 독자들에게 용서를 구하는 바다. 이미 여러 번 용서를 구하지 않으면 안 되었기에, 이제 나는 용서를 구하는 일에 익숙해지고 말았다. '잔인하고 양심 없는 주인'이라는 말도 전혀 필요 없는 말이었다. 정신적으로 열을 받았던 것인데, 그런 일은 피해야 한다. 그건 확실하다. 아름답고 크고 오래된 나무가 쓰러지는 고통을 보고, 그 일에 화난 얼굴을 하는 것을 막을 사람은 아무도 없다. 그래도 '동네에서 내쫓는다.'라는 말은 조심성 없는 말이고, 내가 돈 욕심을 비열하다고 한 것에 대해서는 나 역시 그것과 관련해 한두 번 정도 심히 나쁜 짓을 했고, 그게 부족해서 고생을 했으며, 죄를 지었다는 것 그리고 궁색함이나 비열함 같은 게 나에게도 생면부지의 것이 아니라는 사실을 나는 인정해야 한다. 이런 말을 하면서 나는 얼버무리기 작전을 쓰고 있는데, 지금 더 좋은 말이 생각나지 않는다. 하지만 나는 이 책략을 불가피한 것으로 본다. 예의는 우리가 스스로에게도 다른 사람처럼 엄격하도록, 우리가 자신을 온화하고 부드럽게 평가하는 만큼 다른 사람한테도 그렇게 하라고 명한다. 그런데 우리는 모르는 사이에 항상 자신을 온화하고 부드럽게 평가한다. 내가 여기서 이렇게 실수를 말끔히 수정하고, 과오를 해결하니 정말로 멋진 일이 아닌가? 고백하자면 나는 평화를 사랑하고, 모난 것을 둥글게 하고 딱딱한 것을 부드럽게 하는 사람이고, 정교하고 온유하며 품위를 지닌데다, 훌륭한 말투에 대한 감각을 가진 사람, 외교적인 사람이다. 나는 스스로를 계속 조롱했지만, 사람들이 나의 선의를 알아주길 바란다.

만약 누군가가 나를 무모한 사람, 권력의 인간, 무조건 권력을 좇는 폭군이라고 부른다면, 나는 그런 말을 하는 사람이 정말 잘못되었다고 주장할 터다. 아니, 주장할 권리가 있다고 생각한다. 어떤 작가도 나처럼 계속해서 상냥하고 부드럽게 독자를 생각하지 않는다.

자, 나는 성이나 귀족의 저택을 직업상 방문할 수 있기 때문에 이제 그렇게 한다. 정중하게 나는 비장의 무기를 사용하는데, 왜냐하면 내가 그런 반쯤 허물어진 귀족의 저택이나 명문가, 혹은 지금 내 눈앞에 모습을 드러내고 있는 낡은 회색의, 정원으로 둘러싸인, 당당한 기사의 성이나 저택을 자랑하고, 이름을 알리고, 부러움을 일으키고, 감탄을 불러오고, 명성을 끌어올 수 있는 까닭이다. 가난하지만 품격 있는 문인들은 기쁜 마음으로 아주 만족스럽게 궁정(官廷)이 있고, 문장(紋章)으로 장식을 한 고관대작용 마찻길이 있는 성이나 성곽에서 살았다. 가난하지만 재미를 좋아하는 어떤 화가들은 잠시라도 귀한 옛날 산장에 머물고 싶어 했다. 교육을 받았지만 무척 가난한 도시의 여성들 중에는 씁쓸한 마음과 꿈꾸는 열정으로 연못, 동굴, 천장 높은 방과 꽃가마를, 부지런한 하인들과 의협심이 있는 기사들의 시중을 받는 일을 꿈꾼다. 내가 쳐다보는 귀족의 저택 위에는, 아니 위보다는 안이라는 말이 더 맞는 말인데, 1709라는 연도를 표기한 숫자가 보여 읽을 수 있다. 그걸 보니 부쩍 관심이 솟는다. 약간 들떠서 나는 자연 과학자, 고고학자가 되어, 꿈꾸는 듯한 오래되고 특이한 정원으로 들어가는데, 그곳의 매혹적인 물소리를 내는 분수의 수조 안에서 이상하게 생긴, 일 미터는 됨 직한 물고기를, 씁쓸한 메기 한 마리를 발견하고 확인했다. 동시에 나는 로맨틱하고 기쁜 마음으로 무어풍(風)[5] 혹은 아라비아 스타일의 정자 하나가 하늘색, 비밀스러운 별빛의 은색, 금색, 갈색, 귀하고 진지한 검정색으로 아름답고 풍요롭게 칠해져 있는 것을 보고 확인했다. 극히 예리한 지식으로 나는 그 정자가 대략 1858년에 세워지고 지어졌으리라고 생각하고 어림했는데, 이런 나의 산출, 짐작, 추적으로 말하자면 난 시청에서 박수를 잘 치는 청중들을 앞에 두고 아주 자신만만한 얼굴과 자의

---

5   정원에 수로 혹은 연못을 만드는 방식으로 중동에서 시작되어 유럽 정원의 모태가 되었다.

식 가득한 표정으로 자신감 넘치게 그 문제에 관해 연설이나 강연을 해도 괜찮다고 생각될 정도다. 아마 신문이 그 연설을 언급할 것이고, 그러면 나는 아마도 무척 기쁠 것이다. 왜냐하면 이런저런 것에 대해 종종 한마디도 언급하지 않는 신문이 주목해 준 까닭이다. 아라비아 혹은 페르시아식의 정자에 관해 탐구하는 동안 내 머리에는 이런 생각이 떠올랐다. "온 천지가 한 치 앞도 알 수 없는 어둠으로 뒤덮여 깜깜하고 적막한 밤이면 여기가 얼마나 멋있을까. 어둠 속에 전나무가 높이 서 있고 외로운 방랑자는 한밤중 분위기에 사로잡혀 있는데, 부드러운 노란 불빛을 던지는 등불 하나를 정자로 들고 와서 매혹적으로 치장한 아름다운 귀부인의 마음이 이끄는 대로, 정처 없는 마음이 움직이는 대로 피아노 앞에 앉아서 — 이럴 때 피아노가 정자에 놓여 있어야 하지만 — 노래를 연주하기 시작하고, 이런 꿈이 허용된다면, 아름답고 투명한 목소리로 노래를 부르는 거야. 거기서 노래를 들으면, 거기서 꿈을 꾼다면, 밤의 음악을 듣는다면 얼마나 행복할까."

하지만 현실은 한밤중이 아니고, 어디를 봐도 기사들이 있는 중세가 아니고, 15세기나 17세기도 아니었다. 환한 대낮이고, 궁정이나 기사와 전혀 상관없는 한 떼의 사람들이 멋없고 건방진 자동차들과 함께 나와 마주치면서, 유식하고 로맨틱한 나의 수많은 생각들을 방해하고, 순식간에 나를 성(城)의 포에지와 지난날의 꿈에서 몰아냈다. 그래서 나는 나도 모르게 이렇게 소리쳤다. "아무리 무례하다지만, 최상의 연구를 하면서 진지한 상념에 젖어 있는 나를 도대체 어떻게 방해할 수 있단 말인가. 화가 난다. 하지만 나는 화를 내지 않고 부드럽게 굴면서 점잖게 참고 견디겠다. 지난날의 아름다움과 우아함에 대한 생각은 달콤하며, 몰락하여 사라져 버린 아름다움의 고상하고 색 바랜 그림들은 달콤하다. 하지만 그렇다고 주변 세계와 주변 사람들에게 등을 돌릴 이유는 없다. 그리고 사람들이나 그들의 시설물에 대해, 그런 게 역사적인 것이나 사상적인 부분에 정신을 쏟는 사람들이 가진 분위기를 고려하지 않는다면서 화를 내도 괜찮다고 생각해서는 안 된다."

"폭우가 쏟아지면 멋질 거야." 계속 걸어가면서 나는 생각했다. "기회가 와서 그걸 경험해 봤으면 좋겠어." 길에 누워 있는 순하고, 정직하고, 까마귀처럼 새까만 개한테 나는 다음과 같은 우스갯말을 했다. "너, 배운 것 하나 없고 교양도 없는 놈아, 도대체 일어나서 역청처럼 새까만 앞발로 나에게 인사를 해야겠다는 생각은 조금도 없느냐? 한 발 한 발 걷는 내 걸음과 전체적인 행동거지를 보면 내가 사람이라는 것, 칠 년을 꼬박 이 대도시, 수도에서 살았고 그러는 동안 소위 학식 있는 사람들과 점잖게 교제하고 교류하는 것을 단 일 분도, 한 시간이나 한 달, 일주일이 아니라 단 일 분도 그만둔 적 없다는 것을 보지 못하느냐? 이 무례한 놈아, 너는 대체 어느 학교를 다녔지? 뭐라고? 나한테 한 마디 대답도 못 해? 거기 가만히 누워 조용히 나를 쳐다보면서 표정 하나 달라지지 않고 마치 무슨 기념물처럼 꼼짝도 않는구나, 부끄러운 줄 알아라!"

하지만 사실을 말하자면 충성스럽게 감시하면서 재미있는 포즈로 태연하게 누워 있는 그 개가 난 마음에 들었다. 그 개는 멋있고, 굉장히 착하게 보였는데, 개가 나를 아주 유쾌하게 쳐다보았기 때문에 나는 개와 이야기를 나누었고, 한 마디 말도 알아듣지 못하기 때문에 나는 개를 꾸짖을 수 있었다. 아마 내 말투가 장난스러운 걸 느끼고 내가 나쁜 뜻을 가지지 않았다는 것을 알 수 있을 터다.

고상하고 뻣뻣한 웬 남자가 거들먹거리고 뒤뚱거리며 의기양양하게 걸어오는 것을 보면서 나는 우울한 생각에 빠졌다. "저런데도 가난한, 헐벗은 어린아이가 방치되고 있지 않은가? 저렇게 멋지게 차려입고, 요란하게 멋을 내고 번쩍거리게 장식하고 도배를 하고, 반지와 온갖 장신구를 매달고, 때빼고 광을 낸 사람이 누더기를 걸친 채 돌봐 주는 손길 없이, 더러운 모습으로 형편없이 방치된 불쌍한 어린애를 조금도 생각하지 않는다는 것이 있을 수 있는 일인가? 공작새조차도 조금은 불편해할 텐데, 저렇게 차려입은 어르신은 지저분하고 더러운 아이를 볼 때 조금도 마음이 아프지 않나? 입을 만한 것이 부족한 아이들이 계속 있는데 어른들이 모양을 내고 다니는 건 말도 안 된다고 생각한다."

하지만 그렇다면 이 세상에 불행한 죄수들을 가둔 형무소나 교도소가 있는 한 음악회를 가고 공연을 보러 가는 것 같은 즐거움을 누려서는 안 된다는 말이 된다. 물론 그건 좀 심한 것 같다. 이 세상에 드디어 불행한 사람이 한 사람도 없을 때까지 즐거움이나 인생의 쾌락을 기다려야 한다면, 그 사람은 암담한 회색빛 모든 나날의 끝까지, 얼음처럼 차갑고 쓸쓸한 세상의 종말까지, 쾌락이나 인생 자체까지 전부 완전히 사라지는 그날까지 기다려야만 한다.

고생하고 일에 찌들고 지쳐 빠져 비틀거리는 어느 여공이, 무척 피곤해 보이고 땀을 흘리면서 일에 쫓겨 황급히 걸어오고 있었는데, 그 순간 나는 하루를 어떤 그럴듯하고 고상한 일거리 또는 오락으로 보내야 할지 모르는 혹은 모르는 것처럼 보이는, 그리고 한 번도 정말로 피곤해 본 적이 없고, 하루 종일 일주일 내내 자신의 외모를 빛나 보이게 하려면 무슨 옷을 입어야 할지 생각하고, 점점 더 심해지는 왜곡된 병적 기교가 자신의 개성과 멋지고 달콤한 몸매를 포장하기 위해서 무엇을 해야 할지 죽도록 고민하는, 한껏 모양을 낸 잘못 자란 세상의 딸들, 다 큰 딸들이 생각났다.

하지만 나는 대체로 그런 사랑스러운, 극도로 모양을 내어 달처럼 아름답고, 귀여운, 꽃 같은 소녀를 사랑한다. 매혹적인 말괄량이 소녀가 나에게 멋대로 명령을 내린다면 나는 무조건 복종을 할 것 같다. 오, 아름다움은 얼마나 아름다우며, 매력은 얼마나 매력적인가!

나는 다시 건축과 건축술로 얘기를 돌리게 되었는데, 여기서 예술과 문학을 약간, 아주 조금만 생각해 보고자 한다.

첫 번째로 하고 싶은 말은 이것이다. 귀하고 가치 있는 오래된 집들, 역사적인 장소와 꽃 장식이 있는 건물을 닦아 버리는 것은 생각해 볼 만한 나쁜 취향으로 보인다. 그런 것을 하거나 하도록 시키는 사람은 가치 있는 것과 아름다운 것의 생명에 대해서 죄를 짓는 것이며, 대담하면서도 고상한 우리들의 선조가 남긴 아름다운 기억에 상처를 내는 것이다. 두 번째로 분수 건축물엔 화환 장식을 하거나 꽃을 놓아서는 안 된다. 꽃은 그 자체로 아름답지만, 석상(石像)의 기품 있는 엄격함과 엄격한 아름다움을 감소시키거나 제거하기 때문에 함께 있으면 안 된다. 꽃에 대한 사랑이, 절대로 꽃에 대한 어리석은 중독으로 악화되어서는 안 된다. 당국자들과 당국은 내 말이 맞는지 권위 있는 곳에 문의해 보고, 이 문제에 관해 앞으로 훌륭하게 행동하는 것이 좋을 듯싶다.

나를 강하게 사로잡고 비상한 관심을 불러일으키는 아름

답고 흥미로운 건물 두 채를 언급하기 위해서는 내가 길을 계속 걸어가다가 매혹적이고 묘한 예배당 앞에 서게 되었다는 말부터 해야 한다. 나는 그 건물을 보고 즉시 브렌타노[6] 예배당이라고 이름을 붙였는데, 기상천외하고 금빛 후광에 둘러싸인, 절반은 밝고 나머지 반은 어두운 낭만주의 시대의 건물로 보였기 때문이었다. 브렌타노의 위대하고 거칠고 폭풍과 같고 어두운 소설 『고트비』[7]가 생각났다. 날씬한 아치형 창문이 굉장히 특이하고 묘한 건물을 높고 부드럽고 사랑스러운 외양으로 만들고, 거기에다 넘치는 마법, 내면성과 명상적 삶의 마법 정신을 부여하고 있었다. 언급한 작가의 뜨겁고 강하고 심오한 풍경 묘사, 독일의 참나무 숲에 대한 묘사가 머리에 떠올랐다. 곧 나는 '테라세'라는 이름의 별장 앞에 서게 되었고, 종종 이곳에 와서 사는 화가 카를 슈타우퍼베른[8]과 동시에 베를린의 티어가르텐 가(街)[9]에 있는, 엄격하고 당당하며, 소박한 고전적 스타일로 세워진, 호감이 가고, 구경할 만한 외양의, 최상급의 고상한 건물들이 생각났다. 내가 보기에 슈타우퍼하우스[10]와 브렌타노 예배당은 엄격하게 다른 두 세계의

---

6 Clemens Brentano(1778~1842): 낭만주의 시대의 시인으로 하이델베르크 낭만파의 중심인물이었다. 만년에는 가톨릭에 귀의하여 많은 종교적 서정시를 썼다.

7 Godwi. 1801에 발표된 브렌타노의 소설로, 1부는 여러 사람이 서로 주고받은 편지를 통해 인간 군상의 비밀스러운 관계를 보여 준다. 이들 사이의 관계가 2부에서 밝혀진다. 멋대로 얽힌 구성, 주관성, 아이러니, 환상 파괴 등이 특징이다.

8 Karl Stauffer-Bern(1857~1891): 스위스의 화가이자 조각가.

9 Tiergartenstrasse. 동물원으로 연결되는 베를린 중심가의 거리.

10 Staufferhaus. 18세기에 건설됐고, 현재는 박물관으로 사용되고 있다. 스위스의 북부 아르가우 주(州)에 위치한다.

기념비적 건물로, 둘 다 모두 독특한 방식으로 우아하고 재미있고 중요하다. 이쪽 것에는 정확하고 차가운 우아함이, 저쪽 것에는 생생하고 심오한 꿈이 있고, 이쪽은 어딘가 정교하고 아름답고 저쪽도 어딘가 정교하고 아름답지만, 서로 시대가 가까운데도 본성과 형태는 완전히 다르다. 이제 나의 산책길에 서서히 저녁이 시작되어, 바야흐로 고요한 종말이 별로 멀지 않아 보인다.

이제 몇 가지 일상적인 것과 거리의 모습을 언급할 자리, 그것들을 순서대로 말할 때인 것 같다. 거대한 피아노 공장이 다른 공장들, 회사와 함께 보이고 거무스름한 강가 바로 곁의 포플러 나뭇길, 남자, 여자, 아이들, 전차, 전차가 헉헉대는 소리와 밖을 내다보는 책임 사령관 혹은 운전수, 얼룩덜룩한 무늬의 소 떼, 수레를 탄 농부의 아낙, 수레바퀴가 굴러가는 소리와 채찍 소리, 짐을 잔뜩 실은 달구지, 맥주를 실은 배달 차와 맥주 통, 공장에서 쏟아져 나와 집으로 돌아가는 노동자들, 이 무리의 거대한 모습과 실상 그리고 그런 것과 연관된 생각들이다. 화물을 싣고 화물역에서 오는 화물차 그리고 코끼리, 말, 개, 얼룩말, 기린, 사자 우리에 가둔 사자, 신할리즈인[11], 인디언, 원숭이, 기고 있는 악어, 여자 줄광대들, 북극곰, 그 밖에 필요한 많은 시종, 하인, 한 떼의 곡예사 그리고 단원들로 이뤄진 유랑 서커스단이 지나간다. 그리고 전쟁의 광기에 사로잡혀 유럽의 전쟁을 흉내 내는, 나무로 만든 무기로 무장한 소년들, 「개구리 십만 마리」 같은 노래를 부르면서 자랑스러워하는 어린 깡패, 나무를 한 짐 가득 실은 나무꾼과 산사람 들,

11 스리랑카에 사는 민족의 하나.

맛있는 냄새를 풍기는 잘 구워진 돼지 구이를 상상하며 침을 삼키는 사람들에게 맛과 즐거움의 생생한 상상력을 자극하는 돼지 두세 마리도 보이고, 입구 위에 격언을 써 놓은 농가, 뵈멘[12] 여자 두 명, 갈리시아[13] 여자, 슬라브 여자, 벤트[14] 여자, 혹은 이야기의 무대가 헝가리이지만 그건 별로 중요하지 않은 「집시 왕비」나 스페인의 일이지만 꼭 그대로 받아들일 필요 없는 「프레쵸사」 같은 소설이 생각나는, 빨간 부츠를 신고 새까만 눈과 새까만 머리카락을 지닌 집시 여인도 있다. 뒤이어 가게가 나타난다. 종이 가게, 고기 가게, 시계 가게, 신발 가게, 모자 가게, 철물점, 옷감 가게, 식료품 가게, 향신료 가게, 장신구 가게, 수예 가게, 빵 가게와 제과점이 그것이다. 그리고 아름다운 석양이 전체를, 이 모든 것들의 표면을 물들이고 있다. 앞으로 가 보니 더 소음이 나고 시끄럽다. 학생들과 얼굴에 무게와 위엄을 실은 교사들이다. 풍경과 하늘, 숱한 그림 같은 장면들이 나타난다. 더 앞쪽에는 그냥 지나칠 수도 잊을 수도 없는 것들이 있다. 수많은 간판이나 광고들인데 '퍼실'이나 '마기의 최고 스프', '최고로 오래가는 콘티넨털 구두 굽', '부동산 매물' 혹은 '최고급 밀크 초콜릿' 그리고 또 어떤 것이 있는지 도저히 다 알 수가 없다. 하나도 빼놓지 않고 세어 보려 한다면 아마 끝이 없을 것이다. 현명한 사람은 이 사실을 느끼고 감지한다. 벽보 혹은 게시물 하나가 내 눈에 들어왔는데, 다음과 같이 쓰여 있었다.

---

12 보헤미아의 독일어 표기. 오늘날 체코에 속해 있다.

13 스페인 서북부에 있는 지방.

14 독일의 북동부 작센 주에 사는 슬라브 민족의 일파.

하숙

혹은 품격 있는 신사용 호텔이 점잖은, 적어도 착실한 남성분들에게 양심적으로 최고의 식사, 까다로운 미각을 만족시키고 활발한 식욕을 매혹시키는 식사라고 단언할 수 있는 식사를 제공합니다. 하지만 배가 너무 고프다면 단념하는 게 낫습니다. 우리가 제공하는 요리법은 꽤 높은 교육 수준에 맞춘 것이기에, 우리는 정말로 학식 있는 분들만 우리의 식탁에서 식사했으면 합니다. 주급과 월급을 술 마시는 데 써 버려서 현금을 지불할 능력이 없는 사람들은 절대로 마주하고 싶지 않습니다. 고급스러운 식객들에 걸맞게, 우리는 점잖은 예절과 훌륭한 태도를 요구하는 바입니다. 매혹적인, 얌전한 따님들은 여기서 정성을 쏟고 갖가지 꽃으로 장식한 식탁에서 맛있는 식사를 하실 수 있습니다. 존경할 만하고 찬탄할 만한 우리들의 시설에 발을 들여놓는 손님들께서는 무엇보다도 점잖게 행동하고, 세련되고 정중하게 처신하는 것이 필요하다는 점을 확실하게 알려 드립니다. 난봉꾼, 싸움쟁이, 허풍쟁이는 절대 사절입니다. 이런 부류에 속하지 않는다고 조금이라도 자신할 수 없는 분은 우리의 일급 업소에 들어오지 말기를, 우리가 불편하게 그런 분들과 마주치지 않게 해 주십사 부탁드립니다. 반면에 훌륭하고 부드럽고 예의 바르고 점잖고 세련되고 공손하고 친절하고, 유쾌하지만 지나치게 즐겁거나 쾌활하지 않고, 조용하고, 어떤 액수도 지불할 능력이 있고, 건실하고, 정확하게 계산을 하는 분이라면 언제라도 환영을 받고, 극진한 대접을 받고, 아주 공손하고 친절한 대우를 받을 것입니다. 우리는 그 점을 진심으로 약속드리는 바이며, 그런 것이야말로 변함없는 우리들의 즐거움입니다. 그런 훌륭하고 매혹적인 분이라면, 다른 곳에서는 맛보기 굉장히 어려운 맛있는 식사를 우리의 식탁에서 즐길 수 있습니다. 왜냐하면 우리의 우수한 주방에서는 명품 요리만을 내놓는 까닭입니다. 이 사실은 언제라도 증명 가능합니다. 우리 호텔을 방문하는 분들에게 우리는 그런 음식을 제공해서 언제든지 만족하도록 할 것입니다. 우리가 식탁에 내놓는 음식으로 말하자면 그 질이나 양에서 상식을 넘어서는 것이기에, 상상력이 풍부하다 못해 넘치는 분이라고 해도, 기뻐서 놀란 얼굴의 식객들에게 우리가 대접하는 이 맛있고 군침 도는 음식의 수준은 전혀 상상할 수 없을 정도입니다. 하지만 이런 것도 이미 말씀드린 바와 같이 어느 정도 품위 있는 분들에게 해당됩니다. 그리고 오해를 피하고 실망을 없애기 위해서 이 문제와 관련된 우리의 생각을 알려 드리려고 하니 양해해 주시기 바랍니다. 우리의 눈에 품위 있는 분이란 세련미와 우월감으로 충만하고, 어떤 점에 있어서나 다른 보통 사람들보다 훨씬 나은 사람을 말합니다. 그냥 보통 사람들은 우리랑 맞지 않습니다. 품위 있는 분이란 우리 생각에 따르면 자신에 관해 온갖 허황되고 어리석은 생각을 즐기며, 모든 일에 있어 자신의 코가 평범하고 훌륭하고 똑똑한 다른 사람들의 코보다 더 낫다고 생각하기를 좋아합니다. 품위 있는 분들의 행동은 이런 고유한 전제 조건을 명확하게 보여 줍니다. 우리는 그렇게 믿고 있습니다. 그냥 착하고 솔직하고 성실하고 그것 말고는 중요한 특징이라고는 더 이상 없는 사람은 우리한테 가까이 오지 않기 바랍니다. 왜냐하면 그런 사람은 우리들에겐 세련되고 품위 있는 사람이 아닌 까닭입니다. 아주 세련되고 견실하고 품위 있는 사람을 선택하는 데 있어서 우리는 예리한 감각을 가지고 있습니다.

걸음걸이, 말투, 이야기하는 방식, 얼굴, 거동과 차림새, 모자, 지팡이, 단춧구멍에 꽃을 꽂았는지 아닌지를 보고 우리는 그 사람에게 품위가 있는지 없는지 금방 알아봅니다. 이 점에서 우리가 가지고 있는 예리한 시각은 거의 마술에 가까운데, 감히 우리가 이 점에 대해 어떤 천재성을 가지고 있다고 말하고 싶을 정도입니다. 자, 이제는 우리가 어떤 부류의 사람들을 말하는지 아실 겁니다. 어떤 사람이 이쪽으로 다가오면 우리는 멀리서도 그 사람이 우리한테, 우리 호텔한테 맞는 사람인지 아닌지 살펴보고, 그 사람에게 이렇게 말합니다. "죄송합니다만 정말 유감입니다."

독자 두세 명은 믿을 수 없다면서 이 벽보가 정말인지 아닌지, 아마 의심을 좀 할지도 모르겠다.

혹시 여기저기에 반복이 있을 수 있다. 하지만 고백컨대 나는 자연과 인간의 삶을 반복되는 아름답고 매혹적인 열매로 보고 있으며, 더 고백하건대 이 현상을 아름다움과 축복으로 여긴다. 이목을 끄는 것에 목말라하며 새로운 것을 찾아서 맛보고, 매 순간 전대미문의 즐거움을 추구하다가 과도함으로 망가진 사람들이 상당히 많다. 음악가들이 그런 사람들을 위해 음악을 만들거나 미술가들이 그림을 그리지 않듯이, 작가들은 그런 사람들을 위해 글을 쓰지 않는다. 대체로 완전히 새로운 것에서 계속 즐거움과 맛보기를 찾는 것이야말로 나는 하찮다는 징조, 내적인 삶의 결핍, 자연에서 소외된 것, 이해력이 보통밖에 안 되거나 혹은 부족한 상태라고 본다. 항상 무언가 새로운 것과 색다른 것을 봐야 하는 것은 아이들이고, 아이들은 그렇게 해야 만족한다. 진지한 작가라면 소재를 쌓아 놓는 일에 신경 쓰거나, 감칠맛 나는 욕망에 부응하는 심부

름꾼이 되려고 생각하지 않는다. 너무 자주 비슷해지는 것을 열심히 피하기 위해서, 물론 노력은 하지만 몇 번이고 계속 자연스럽게 반복되는 것이라면 작가는 두려워하지 않는다.

이제 저녁이 되어 나는 아름답고 조용한 길, 나무 아래에서 호수로 이어지는 샛길로 접어들었고, 이곳에서 산책이 끝난다. 오리나무 숲 물가에 남녀 공학 학교가 하나 서 있는데, 목사 혹은 교사가 자연 한가운데서 자연 수업과 관찰 수업을 하고 있다. 천천히 지나쳐 가는 동안 나는 두 사람의 모습이 생각났다. 많이 피곤한 탓인지 몰라도 나는 아름다운 그녀를 생각했고, 이 넓은 세상에 내가 얼마나 외로운지 그리고 그것이 완전히 옳은 일이 아닐 것이라고 생각했다. 자책이 등 뒤에서 나를 두드리며 내가 걷는 길 앞에 나타나자 나는 강하게 맞섰다. 괴로운 어떤 기억이 나를 사로잡았다. 갑작스럽게 후회가 나의 마음을 무겁게 했다. 그래서 나는 주변을 둘러보고, 일부는 숲 속에서 일부는 들에서 꽃을 꺾었다. 감미롭고 조용하게 비가 내리기 시작했고, 그 덕에 부드러운 땅이 더 부드럽고 더 조용해졌다. 마치 눈물이 내리는 것 같았고, 꽃을 꺾으면서 나는 나뭇잎 위에 떨어지는 나지막한 울음에 귀를 기울였다. 따스하고 약하게 내리는 여름비, 정말 포근하구나! "내가 왜 꽃을 꺾고 있지?"라고 나는 스스로 물으면서 생각에 잠겨 땅을 쳐다보았는데, 그러자 부드러운 비가 나의 비애를 더욱 키워 슬픔으로 바꾸었다. 지나간 모든 잘못이 생각났고 불신, 증오, 고집, 허위, 술책, 악의, 성급하고 아름답지 않은 갖가지 행동들이 떠올랐다. 제어하지 못한 열정, 야심, 많은 사람들의 마음을 아프게 한 것, 내가 저지른 옳지 않은 일 그리고 지난날의 삶이 극적인 장면으로 가득한 무대처럼 내 앞에 펼쳐졌고, 내가 남들에게 저지른 수많은 잘못과 불친절과 냉정함에 나는 스스로에게 놀랐다. 그때 두 번째 모습이 눈앞에 나타났고, 갑자기 며칠 전에 내가 어느 숲의 바닥에 쓰러져 있는 것을 본 늙고 피곤하고 가난하고 외로운 남자를 다시 보게 되었는데, 너무나 불쌍하고, 창백하고, 죽을 정도로 비참하고, 슬프고, 말할 수 없이 지친 모습이어서, 그 슬프고 가슴 아픈 모습에 나는 무척 놀랐다. 이제 이 지친 남자를 마음속에서 보고 있으니 힘이 빠졌다. 어딘가에 눕고 싶은 생각이 들었다. 그때 마침 근처에 편안하고 마음이 놓이는 호숫가 자리가 있었고, 너무나 지쳤기 때문에 나는 어느 나무의 착한 나뭇가지 아래의 부드러운 바닥에 편안하게 누웠다. 땅, 대기, 하늘을 바라보고 있으니 내가 하늘과 땅 사이의 불쌍한 죄수며, 모든 사람들이 이런 식으로 처량하게 갇혀 있는데, 우리 모두에게는 단 하나의 어두운 길, 즉 땅속으로 들어가는 구덩이뿐이며, 묘지를 통하는 것 말고는 다른 세계로 갈 수 있는 다른 길이 없다는 처량하고, 어쩔 수 없는 생각이 들었다. "전부 다, 전부, 이 풍성한 삶 전체, 다정하고 심오한 색채, 이 희열, 삶의 이 기쁨과 삶의 욕구, 인간들의 이 모든 의미, 가족, 친구와 연인, 신성한 아름다운 모습으로 가득한 이 밝고 부드러운 대기, 아버지와 어머니의 집들, 사랑스럽고 다정한 길들이 어느 날 사라지고 죽어야 한다. 높이 떠오른 해, 달 그리고 사람들의 마음과 눈 역시……." 한참 동안 그 생각을 하다가 나는 내가 마음 아프게 했을 사람들에게 조용히 용서를 구했다. 한동안 의미 없는 생각에 잠겨 그곳에 누워 있다가 나는 너무도 사랑스럽고 착하고 순수한 눈을 가진, 아름답고, 젊음이 넘치는 그녀를 생각해 냈다. 그녀의 어린애같이 예쁜 입이 얼마나 매혹적인지, 뺨은 또 얼마나 아름다운지 그리고 음악처럼 부드러운 그녀의 몸의 움직임이 얼마나 나를 매혹하는지 그리고 얼마 전에 나는 나의 진정한 사랑, 애정, 헌신과 연정을 믿느냐고 그녀에게 물었는데 그녀는 의혹과 불신 가운데서 아름다운 눈을 내리깔고 "아뇨."라고 대답했던 일이 생생하게 기억났다. 상황이 떠나라고 명했고 그녀는 떠났다. 혹시 설득할 만한 시간이 있었는지도 모른다. 내가 진심이고, 그녀의 사랑스러운 모습이 나에게 중요하며, 내게는 그녀를 행복하게 해 주고 동시에 나 자신도 행복하게 만들 수 있는 아름다운 근거가 많이 있다고 더 설득할 수 있었는지도 모른다. 하지만 나는 더 이상 아무런 노력도 하지 않았고, 그녀는 떠나갔다. 그러니 무엇 때문에 꽃이 필요한가? "내 슬픔 위에 얹으려고 내가 꽃을 꺾었나?" 나는 자신에게 물었고, 꽃다발은 내 손에서 떨어져 나갔다. 나는 집으로 가려고 일어났다. 왜냐하면 이미 늦어 사방이 어두웠기 때문이었다.

젬파흐 전투

더운 여름 한가운데의 어느 날 먼지가 뒤덮인 국도에서 군대 행렬이 루체른 지역을 향해 천천히 움직이고 있었다. 보통 밝기 이상으로 작렬하는 태양이 흔들거리는 갑옷 위로, 사람들의 몸을 덮은 갑옷 위, 춤추듯 걷고 있는 기마(騎馬), 투구와 얼굴, 말의 머리와 꼬리, 장식물과 깃털과 스노슈즈 만큼 커다란 등자(鐙子) 위로 내려 쪼이고 있었다. 반짝이는 군대 행렬의 좌우에는 수천 그루의 과일나무가 늘어선 들판이 언덕에까지 이어져 있는데, 언덕은 마치 희미하고 조심스럽게 칠한 무대 배경처럼 푸른 향기를 풍기며, 반쯤 자욱해 뵈는 저 멀리에서 손짓하며 부르고 있었다. 무더운 오전의 열기가, 들판의 열기, 초원과 건초와 먼지의 열기가 넘쳐 나고 있었다. 자욱한 구름처럼 먼지가 일어나 행렬의 여기저기로 계속 내려앉았다. 중상을 입은 기마행렬은 발을 질질 끌며, 절뚝거리며, 무작정 앞으로 나아가고 있었는데, 때로는 반짝이는 뱀처럼, 때로는 엄청난 크기의 도마뱀처럼, 때로는 사람들과 화려한 무늬를 섞어 수놓은, 장엄하게 끌려가는 기다란 피륙처럼 보였다. 내 눈에는 마치 아랫사람들이 나이 든 여장부한테 끌려가는 꼴이었다. 이 군대의 움직임, 행군을 하고 무기가 달그락대는 모든 방식과 방법, 이 과감하고 아름다운 철거덩 소리에 '내 눈에는'이라는 말이 한 번씩 들어가 있는데, 그건 건방진 것, 꽤나 자신 있는 태도가 슬쩍 들어간 것을 옆으로 밀어놓은 셈이다. 기사(騎士)들은 강철로 감싼 입을 지껄이는 대로 신나게 입씨름하면서 모두들 이야기를 나누고 있었다. 웃음소리도 들렸는데, 그 소리는 무기와 쇠사슬과 황금빛 허리띠가 내는 밝은 소리와 잘 어울렸다. 아침 햇살은 황동과 고귀한 금속을 애무하듯 비추고, 피리 소리는 태양을 향해 날아갔다. 걸어오는 시종 중의 한 명이 말을 타고 가는 상관에게 가끔씩 맛좋은 음식을 은제 포크로 찍어 흔들거리는 안장 위로 내밀었다. 포도주를 후딱 마시고, 닭은 씹다가 먹을 수 없는 부분은 아주 가볍고, 속 편하게 내뱉었는데, 왜냐하면 모두들 이번 출정을 진지하고 엄청난 전쟁이 아니라 벌주기, 폭행, 피나게 혼내는 연극 정도로 생각했기 때문이었다. 그들 전부는 초원을 피로 물들이며 베어질 수많은 머리를 상상했다. 여기에 참가한 윗사람 중에는 화려한 복장으로 말을 탄 멋진 귀족들도 꽤 많았는데, 그들은 저 높은 푸른 하늘에서 내려온 천사 같았다. 그들은 편하게 이동하고자 투구를 벗어 시종들에게 들고 가도록 맡기고, 자유로운 대기에다 천진스럽고 자만심 넘치는, 잘생긴 얼굴을 드러내 놓고 있었다. 그들은 최근에 농담을 주고받았던 궁정의 새 인물에 관해 이야기를 나누었다. 계속 진지한 사람은 찾아보기 힘들었다. 오늘 같은 때에 심각한 얼굴은 오히려 비열하고 기사답지 못해 보였다. 투구를 벗은 젊은이들의 머리카락이 반짝였고, 향유와 기름, 멋진 여성을 만나 매혹적인 노래를 부르러 말을 타고 갈 때 바르는 화장수의 향기가 났다. 무쇠 장갑을 벗어 버린 두 손은 병사의 손이 아니라, 잘 손질하고 가꾼 어린 소녀의 손처럼 가늘고 하얬다.

정신없는 이 행렬에서 한 사람만이 심각했다. 그의 외양, 섬세하게 금을 박아 넣은 새까만 갑옷은 그 속에 든 인물이 어떻게 생각하고 있는지를 보여 주었다. 그는 오스트리아의 레오폴트 공작[15]이었다. 이 사람은 아무 말도 없었다. 그는 근심어린 생각에 빠져 있었다. 그의 얼굴은 눈가의 귀찮은 파리들 때문에 짜증 난 사람의 얼굴이었다. 말하자면 파리는 그의 불길한 예감이었는데, 왜냐하면 그 탓에 멸시하는 듯한 슬픈 미소가 그의 입 주변에 계속 번지고 있기 때문이었다. 그는 머리를 숙이고 있었다. 즐거워 보이는 세상천지가 그에게는 화가 나서 우르릉대며 호령하고 있는 것처럼 보였다. 아니면 그건 로이스 강의 나무다리 위를 지나고 있는 요란한 말발굽 소리였을까? 아무튼 알 수 없는 불길한 예감이 공작의 몸 주변을 무시무시하게 에워싸고 있었다.

행렬은 젬파흐 시 근처에서 멈췄다. 이제 오후 2시였다. 어쩌면 3시일 수도 있다. 기사들은 지금이 몇 시든 상관없었다. 오후 8시라고 해도 그들은 맞다고 했을 것이다. 모두들 끔찍하게 따분해져, 전투의 어떤 조심스러운 훈령마저도 전부 우습게 보일 정도였다. 너무 멍한 상태였던 탓에, 정렬을 하

---

15 Herzog Leopold III von Habsburg(1351~1386): 오스트리아의 공작으로 젬파흐 전투에서 그의 4000여 명의 군대에 스위스 동맹군 1600여 명이 맞섰던 것으로 알려져 있다.

려고 안장에서 내려오는데 마치 가상(假想) 훈련 같았다. 이미 너무 많이 웃은 터라 웃음도 안 나왔고, 피곤해서 하품만 나왔다. 이제는 사람들이 하품해도 되는 것을 말들조차도 아는 것 같았다. 말단 보병은 남은 음식과 포도주를 뒤편에서 마음껏 먹고 마셨다. 이 원정 전체가 모두에게 얼마나 우습게 보였는지 모른다. 이 거지 같은 마을이 아직도 버틴다니, 무슨 바보 같은 짓인가!

그때 갑자기 이 끔찍한 더위와 지루함 속으로 뿔 나팔 소리가 울렸다. 남들보다 좀 조심스러운 몇 사람이 이상한 느낌에 물었다. 이게 뭐지? 또 들리는데, 다시 들어 봐. 실제로 소리가 다시 들렸고, 이제는 모두들 믿을 수밖에 없었다. 이번 것은 별로 멀지 않은 곳에서 들렸다. "삼세번이 좋더라."라고 재치 있는 익살꾼이 말했다. "나팔아, 한 번 더 울려다오." 잠시 시간이 흘렀다. 모두들 생각에 잠겼다. 그러자 갑자기 무시무시하게, 마치 날개 달린 불덩이 같은 괴물이 불꽃을 일으키면서 말을 타고 이쪽으로 달려오면서 "간다."라고 길게 소리쳤다. 그러고는 마치 지하 세계로 바람이 들어가 단단한 대지가 갈라지는 듯했다. 그 소리는 어두운 심연이 열리는 소리 같았는데, 캄캄한 하늘로부터 태양이 불타듯이, 요란하게, 마치 하늘이 아니라 지옥에서 내려오는 것처럼 불을 내뿜었다. 그래도 사람들은 웃었는데, 공포에 휩싸여 무섭더라도 미소를 잃지 말아야 하는 그런 순간이 있다고 생각한 까닭이었다. 행렬 속의 사람들 분위기는 고독한 어느 한 사람의 분위기와 많이 다르지 않았다. 끓어오르는 뿌연 열기 속의 풍경은 계속 '뚜우' 소리를 내더니 나팔 소리로 변했고, 나팔 소리를 앞세운 벌어진 틈새에서 사람들 떼거리가 소리의 공간으로 쏟아져 나왔다. 이제 풍경에는 윤곽이 없어졌다. 하늘과 여름의 대지가 한 덩어리로 변했다. 사라진 계절은 한 지점, 싸움판, 병사들의 운동장, 전쟁터로 변했다. 전투에서 자연은 몰락한다. 중요한 것은 운세, 병기(兵器)의 배치, 한편의 사람들과 다른편 사람들의 무리다.

앞으로 달려 나오는, 완전히 열에 달아오른 인파가 점점 더 다가왔다. 기사들은 전부 굳어져 갑자기 하나가 된 것 같았다. 창기병(槍騎兵)들은 앞으로 창을 들이댔는데, 습격에 맞서 창으로 막으며 밀고 나갈 생각이었다. 기사들은 너무 촘촘하게, 너무 황망하게 일렬로 창을 앞으로 내밀었고, 꼼짝달싹도, 움직일 수도 없는 상태에서, 달려오는 적군의 가슴을 찌른다고 여기하면서 전방의 무언가를 마구 찔러 댔다. 이쪽은 뾰족한 창으로 세운 어리석은 벽이고, 저쪽은 셔츠로 몸을 반만 가린 사람들이었다. 이쪽은 너무나 한정된 전술, 저쪽은 정신없이 분노에 날뛰는 사람들이었다. 저들은 이 역겨운 분노를 끝장내기 위해서 한 사람 한 사람씩 창끝을 향해 미친 듯이, 정신없이, 화가 나고 분노에 휩싸여 달려들었다. 하지만 그들은 투구를 쓰고 깃털을 단 창기병에 두 손으로 맞서 보지도 못한 채 가슴에 피를 흘리며, 귀족의 말들이 남겨 놓은 말똥에다 얼굴을 박고 땅바닥에 쓰러졌다. 반나체의 사람들은 모두 이런 상황이었고, 반면 피에 물든 저편의 창은 그들을 무시하듯 미소 짓고 있었다.

아니다, 이건 아니다. 벌거벗은 사람들은 책략이 필요하다는 사실을 알게 되었다. 전술에 맞설 전술이, 전술 혹은 무언가 장대한 생각이 필요했다. 그리고 이 장대한 생각은 장대한 생김새의 어느 남자의 모습으로 당장에, 기이하게, 마치 초현실적인 힘에 떠밀리듯 모습을 드러내 동족에게 이렇게 말했다. "내 아내와 아이들을 돌봐 주시오, 내가 길을 터 주겠소." 그러면서 희생의 의지가 약해지지 않도록 그는 번개처럼 재빨리 네다섯 개의 창을, 그보다 더 많은, 죽으면서 끌어안을 수 있는 수많은 창을 아래로, 자신의 가슴으로, 지금 막 떠오른 고결한 생각에 따라 마치 제대로 완전히 죽으려면 자신에게 충분히 꽂을 무쇠 창이 부족하다는 듯이, 스스로 창을 끌어안고 바닥으로 쓰러져서, 사람들이 자신의 몸을 밟고 가도록 가교(架橋)가 되었다. 그런 투신은 어디서도 볼 수 없는 것이었다. 그러자 분노에 싸인 고산 지대와 계곡의 사람들이 적의 조야하고 비열한 방어벽으로 쏜살같이 달려들어, 마치 무방비의 소 떼를 낚아채는 호랑이처럼 제압하고 박살을 냈다. 기사들은 무방비 상태로 좁은 공간에 갇힌 채 옆으로 꼼짝도 할 수 없었다. 말 위에 앉은 사람은 종잇장처럼 바닥으로 떨어졌고, 두 손으로 가격을 가하자 마치 공기를 채운 봉지처럼 퍽 하고 쓰러졌다. 양치기들의 무기가 무서운 힘을 발휘했고, 그들이 입고 있는 가벼운 옷은 정말 제격이었다. 거기에 비하면 기사들의 투구는 너무도 부담스러웠다. 머리를 건드리기만 해도, 슬쩍 치기만 해도 한 방 단단히 먹인 효과가 났다. 기사들이 계속 쓰러지고 말들도 넘어졌지만, 농민들의 분노와 기세는 더욱더 커져 갔다. 공작은 살해되었다. 그가 만약 목숨을 건졌다면 그건 기적이었을 터다. 공격하는 사람들은 전부 다 죽여도 부족하다고, 이건 반밖에 안 된다며 울부짖었다.

더위, 열기, 피 냄새, 쓰레기와 먼지 그리고 비명과 울부짖

카를 아우슬린, 「젬파흐 전투」(1889)

음이 뒤얽혀서 미친 지옥의 난장판이 되고 말았다. 죽어 가는 사람은 자신의 죽음을 거의 느끼지 못할 정도로 그렇게 빨리 죽었다. 많은 사람들이 화려한 철제 투구, 귀족용 쇠도리깨 안에서 질식했다. 이제 투구든 쇠도리깨든, 무엇이라고 부르든 무슨 소용이 있는가? 욕을 할 수 있었다면 아마 모두들 그것을 욕했을 것이다. 익사한 귀족 수백 명의 상황은 달랐다. 그들은 근처의 젬파흐 호수에 빠져 죽었는데, 개나 고양이처럼 물속으로 떠밀려 들어가 익사한 것이다. 그들은 우아한 새부리 구두[16]를 신고 균형을 잃은 채 겹겹이 쓰러졌는데, 그것은 정말 치욕스러운 일이었다. 가장 멋진 철제 갑옷 역시 파멸을 약속했고, 이 예감은 끔찍하게 들어맞았다. 귀족이라면 응당 고향에서, 아르가우 혹은 슈바벤에서, 성, 토지, 하인들을 거느리고, 아름다운 아내, 하인, 하녀, 과수원, 밭과 숲 그리고 세금과 최고의 특권을 누려야 하는 것 아닌가? 이것이 이 웅덩이에서 일어난 죽음, 미친 듯한 양치기들의 뻣뻣한 무릎과 한 조각 땅 사이에서 빚어진 그들의 죽음을 더욱더 마음 아프고 비참하게 만들었다. 말들은 정신없이 도주하면서 주인을 인정사정없이 짓밟았고, 당황하여 말에서 내려오려는 주인들은 바보 같은 최신 구두를 등자에 매단 채, 뒤통수에 피를 흘리며, 초원에 입맞춤하면서, 눈꺼풀이 완전히 감기기 전까지 겁먹은 눈으로 마치 화난 불꽃처럼 타오르는 하늘을 바라보았다. 물론 양치기들도 죽었지만, 가슴을 드러내고 팔을 드러낸 한 명의 양치기 위로, 늘 갑옷으로 몸을 감싼 사람들 열 명이 쓰러졌다. 젬파흐 전투의 교훈은 몸을 감싸는 것이 전투에서

16 쇠로 만든 끝이 부리 모양인 중세의 신발.

얼마나 어리석은 짓인가를 말해 준다. 만약에 인형 같은 이 사람들이 움직일 수만 있었다면 어땠을까. 하기는 움직인 사람들도 있었다. 몇몇은 몸에 걸친 끔찍스러운 물건들을 벗고 움직이기도 했다. 노르스름한 고수머리의 아름다운 청년이 "노예들 하고 내가 싸우다니, 수치스러운 일이다."라고 소리쳤지만, 끔찍스럽게 얼굴을 얻어맞고 바닥으로 떨어졌다. 중상을 당한 채 그는 반쯤 으깨진 입으로 풀을 깨물었다. 살인 무기를 손에서 놓친 몇몇 양치기들은 마치 씨름판의 씨름꾼처럼 적의 목과 머리를 집어 들어 던지거나 기사의 목을 깔고 앉아 반격의 구타를 피하면서 질식사할 때까지 그들의 목을 눌렀다.

그러는 동안 저녁이 되어 나무와 수풀 사이로 석양이 물들고, 태양은 어두운 산 사이에서 죽어 버린 아름답고 슬픈 남자처럼 사라졌다. 끔찍한 전투가 끝났다. 눈처럼 흰, 흐릿한 알프스가 아름답고 차가운 이마를, 세상을 배경으로 내놓고 있었다. 이제 사람들은 시신을 모으기 시작했다. 그러기 위해서 말없이 이리저리 돌아다니고, 바닥의 시신 토막을 집어 들어 다른 사람들이 파 놓은 공동 무덤으로 가지고 갔다. 깃발과 갑옷을 모으니 엄청난 부피가 되었다. 사람들은 돈과 귀중품, 그 전부를 일정한 장소에 모았다. 단순하고 강한 이 남자들 대다수는 묵묵히 훌륭하게 처신했다. 그들은 노획한 장신구를 멸시하듯 우울하게 바라보았고, 초원을 여기저기 돌아다니며 살해당한 사람들의 얼굴을 들여다보고, 죽은 얼굴이 어떻게 생겼는지 궁금해서 피를 닦아 보기도 했다. 덤불의 초입에서 두 청년이 발견되었는데, 너무도 어리고 밝은 모습으로, 죽으면서도 입술에 미소를 담은 채, 서로 끌어안고 바닥에 쓰러저 있었다. 한 청년은 가슴에 상처를 입었고, 다른 청년은 온몸이 부스러져 있었다. 밤늦게까지 할 일이 많았다. 모두들 횃불을 들고 수색했다. 아르놀트 폰 빙켈리트[17]를 발견했고, 그의 시체를 보고 몸서리쳤다. 그를 매장하면서 남자들은 어두운 목소리로 소박한 노래를 불렀다. 더 이상의 화려한 의식은 없었다. 성직자도 없었다. 성직자가 할 일이 무엇이라는 말인가. 쟁취한 승리에 대해 기도하고 신에게 감사하는 것, 그것은 교회의 촛불 없이 조용히 하면 된다. 그런 다음에 그들은 집으로 돌아갔다. 그리고 며칠 뒤 그들은 다시 깊은 계곡에 흩어져서 노동하고, 헌신하고, 살림을 이끌고, 일거리를 살피고, 필요한 일을 하고, 지나간 전투에 관해 가끔씩 한마디를 했다. 많이 떠벌리진 않았다. 승리의 축하도 없었다. (아니, 아마 루체른으로 입성할 때 약간 있었는지도 모른다.) 어쨌든 세월은 그 위로 흘러갔는데, 왜냐하면 1386년 당시는 여러 가지 걱정거리 때문에 세월이 거칠고 평탄하지 못했기 때문이다. 하나의 위대한 행동이 고생스러운 나날을 완전히 근절하진 못한다. 삶은 전투의 날 이후에도 오랫동안 조용하지 못했다. 드센 삶에 떠밀려 다시 앞으로 나아갈 때까지 역사는 잠깐 휴식을 취한 것뿐이다.

젬파흐 전투는 1386년 스위스와 오스트리아 사이의 스위스 루체른 주 젬파흐에서 벌어졌던 전투다. 당시 합스부르크 군주국은 레오폴트 3세가 다스리고 있었는데, 스위스는 루체른 주를 위시하여

17 Arnold von Winkelried: 1386년 7월 9일 사망. 젬파흐 전투에서 오스트리아 군대의 창에 자신의 몸을 던져 스위스에 승리를 가져다줬다고 알려진 전설적인 인물.

몇몇 주가 스위스 자유 연합에 가입한 상황이었다. 그러다가 1385년 12월에 로텐베르크 전투에서 루체른 주와 합스부르크 군주국의 첫 전투가 일어났다. 스위스는 1600명 정도의 농민군을 이끌고 합스부르크 왕조에 맞섰고, 오스트리아는 레오폴트 3세가 4000명의 정예 기사단을 이끌고 참전했다. 두 군대는 젬파흐 북동쪽 마을에서 격돌, 오스트리아는 처참하게 대패했다. 이 전투에서 200명의 스위스인과 1800명의 오스트리아인이 사망했다. 이후 스위스는 네펠스 전투에서도 승리해 실질적인 독립을 쟁취하게 된다.

빌케 부인

어느 날 적당한 방을 찾아다니던 나는 대도시의 외곽으로 가게 되었다. 전차역 바로 옆에 위치한, 특이하고 예쁘고 좀 낡고 외딴집으로 가게 되었는데, 그 집의 독특한 외양을 본 순간 내 마음에 꼭 들었다.

천천히 올라가 보니 층계참이 환하고 널찍했고, 우아했던 과거의 향기와 음향이 가득했다.

이른바 지나간 아름다움은 많은 사람들의 마음을 이상하게 끌어당긴다. 폐허는 어딘가 감동적이다. 생각하고 느끼는 우리의 내면은, 남겨진 귀한 것 앞에서 깨닫지 못하는 사이에 고개를 숙이게 된다. 섬세하며 광채 나는 과거의 것은 우리에게 애잔함을 일으키지만, 동시에 경외심도 일으킨다. 과거의 것, 쇠락한 것은 얼마나 매혹적인지 모른다.

문 앞에는 빌케 부인이라고 쓰여 있었다.

거기서 나는 조용히 조심스럽게 벨을 눌렀다. 아무도 나오지 않아 벨을 누르는 일이 쓸모없다는 것을 알고 문을 두드리자 그제야 인기척이 났다.

아주 조심스럽게, 천천히 누군가가 문을 열었다. 마르고 야윈, 키가 큰 부인이 내 앞에 나타나 작은 소리로 물었다.

"무슨 일인가요?"

이상하게 메마르고 쉰 목소리였다.

"여기 방 좀 구경해도 되겠습니까?"

"네, 그럼요. 들어오세요."

부인은 이상하게 어둠침침한 복도를 지나서 나를 방으로 데려갔는데, 나는 격조 있는 그 방에 당장 매혹되었다. 방은 섬세하고 품격도 지니고 있었는데, 약간 좁은 편이지만 그 대신 천장이 꽤 높았다. 나는 조금도 망설이지 않고 물어보았는데, 꽤 괜찮은 가격이라 오래 생각하지 않고 그 방을 곧바로 계약했다.

그렇게 할 수 있어서 나는 기분이 좋았다. 왜냐하면 나는 얼마 전부터 굉장히 부담스럽고 묘한 감정에 빠져 이상할 정도로 피곤한 나머지 쉬고 싶었던 까닭이었다. 무얼 찾아보거나 손대는 일이 전부 다 귀찮고 짜증 나고 불쾌했기 때문에 편안한 곳이면 어디든 좋았고, 조용한 휴식처이기만 하면 진심으로 환영하는 상태였다.

"뭐하시는 분인가요?" 부인이 물었다.

"작가입니다." 내가 대답했다. 말없이 그녀가 멀어져 갔다.

"아마도 백작이 여기 살았던 것 같군." 조심스럽게 새로운 고향을 둘러보면서 난 속으로 중얼거렸다.

"그림처럼 아름다운 이 공간으로 말하자면." 계속 독백을 하듯 중얼거렸다. "높은 분의 소유였던 게 틀림없어. 아주 외딴곳에 있잖아. 마치 동굴처럼 조용하군. 정말이지 이곳에선 숨어 있는 기분이야. 마음속의 소원이 이루어진 것 같아. 방으로 말하자면 반쯤 어두워. 이곳에는 어두운 밝음과 밝은 어둠이 함께 어울려 있지. 그건 정말 멋진 일이야. 어디 보자. 자, 선생, 얼마든지 편안하게 지내도 되겠어. 급할 것도 없어. 시간은 남아도니까. 여기저기 벽에 도배가 처량하고, 우울하게 찢어진 데가 있군. 그래, 하지만 바로 그게 내 마음에 들어. 왜냐하면 나는 어느 정도 너덜너덜하고 엉망인 것을 좋아하거든. 너덜너덜한 것은 그냥 둬야지. 어떤 일이 있어도 그걸 뜯어내진 않을 거야. 그게 거기에 있는 것을 이미 완전히 인정했어. 생각해 보니 여긴 남작이 살았던 것 같아. 장교들이 여기서 샴페인을 마셨겠지. 창문의 커튼은 길고 폭이 좁고 낡아서 먼지가 쌓여 있지만 아름다운 주름은 고상한 취향과 아름다움에 대한 감각을 그대로 드러내고 있어. 저 밖의 마당에는 자작나무가 바로 창 앞에 한 그루 서 있네. 여름이 오면 나무가 방 안을 들여다보며 웃어줄 거야. 그리고 예쁘고 다정한 나뭇가지 위에 노래하는 새가 날아와 앉아 나뭇가지와 나를 기쁘게 해 주겠지. 이 낡고 고상한 책상은 정말 멋있어. 사라져 버린 세련된 시대의 유물이지. 내 생각에 나는 여기서 에세이, 스케치, 논평, 짤막한 이야기, 심지어 노벨레까지 써서 여러 신문, 잡지의 엄격하고 존경받는 편집자한테 멋지게, 빠른 시일 내에 출판해 달라고 절절한 편지를 보내게 될 것 같아. 예컨대 《페킹어 노이에스테 나흐리히텐》이나 《메르퀴르 드 프랑스》처럼 틀림없이 나에게 성공을 가져다줄 만한 곳 말이야.

침대는 멀쩡해 보이는군. 이에 관련된 괴로운 조사는 하지 않을 작정이야, 그러는 게 좋을 것 같아. 이쪽에는 정말 이상하고 귀신 나올 것 같은 모자걸이가 있고, 저쪽으로는 세면대 위에서 내일 내 모습을 성실하게 비춰 줄 거울이 있네. 내가 바라는 바는 거울이 항상 나의 좋은 모습을 비춰 주는 거야. 소파는 낡았지만, 그래서 더욱 편안하고 딱 맞아. 새 가구는 눈에 좀 거슬리는데, 새로운 것은 눈에 띄고 방해가 되기 때문이지. 벽에는 네덜란드 풍경화 한 점 하고 스위스 풍경화 하나가 걸려 있어서 심심풀이가 될 것 같아. 이 두 개의 그림을 내가 아주 관심 있게 여러 번 바라볼 게 확실해. 이곳의 공기에 관해 자신 있게, 적어도 확실하게 말할 수 있는 것은 이 방이 정기적으로, 적어도 필요한 만큼 환기를 하지 않았다는 거야. 방에서 곰팡이 냄새가 나는데, 아주 흥미로워. 나쁜 공기를 들이마시는데도 어느 정도 묘하게 기분이 좋아. 그래도 창문을 하루 종일 일주일 동안 열어 두면 맑고 신선한 바람이 방으로 충분히 들어오겠지."

"좀 일찍 일어나셔야 해요. 난 늦게까지 누워 있는 건 못 참아요." 빌케 부인이 말했다. 그 외에는 나에게 별로 많은 말을 하지 않았다.

나는 몸이 좋지 않았다. 쇠진한 상태였다. 나는 우울감에 빠져 느낌도, 생각도 아무것도 없었다. 과거의 모든 명료하고 유쾌한 생각들이 어두운 혼돈과 혼란 속으로 사라져 버렸다. 비탄에 빠진 내 눈 앞에는 의식이 토막 나 있었다. 생각과 감정의 세계가 서로 뒤엉켜 있었다. 모든 것이 죽고, 텅 비고, 마음은 절망적이었다. 아무런 느낌도 아무런 기쁨도 없었다. 생각하고 싶은 것은 예전에 나에게 즐겁고, 용기 있고, 선량하고, 자신 있고, 헌신적이며 행복한 시절이 있었다는 점이었다. 정말로 슬프고, 슬픈 일이었다. 내 앞과 옆에도, 주변에도 아무런 전망이 없었다.

하지만 나는 빌케 부인에게 일찍 일어나겠다고 약속했고

실제로도 열심히 일하기 시작했다.

종종 나는 가까운 전나무와 소나무 숲으로 갔다. 그곳의 아름다움, 신비로운 겨울의 고독이 나를 절망감에서 구해 주었다. 말할 수 없이 다정한 목소리가 나무에서 들려왔다. "세상이 모두 가혹하고, 잘못되고, 악하다는 어두운 생각에 빠지지 마세요. 가끔 우리한테 오세요. 숲은 다정합니다. 숲과 친하면 건강하고 쾌활해져요. 멋지고 아름다운 생각을 다시 하게 되거든요."

사회로, 다시 말해 '세상'이라고 부르는 세상과 만나는 곳으로, 나는 결코 가지 않았다. 실패한 인간이기 때문에 나는 거기서 더 이상 찾아볼 것이 없었다. 사람들 사이에서 성공을 찾지 못한 사람은 사람들 사이에서 더 이상 찾을 것이 없다.

가련한 빌케 부인, 그러니 당신은 곧 죽게 될 겁니다.

스스로 가난하고 고독했던 사람은 가난과 고독을 훨씬 더 잘 이해하는 법이다. 적어도 주변 사람들을 이해하는 법을 배우게 되면 그 사람의 불행, 수치, 고통, 무기력, 죽음을 방해하지 않을 줄 안다.

어느 날 빌케 부인이 손과 팔을 내밀면서 낮은 소리로 말했다.

"잡아 보세요. 얼음처럼 차가워요."

불쌍하고 늙은, 차가운 손을 나는 내 손에 쥐었다. 손은 얼음처럼 차가웠다.

빌케 부인은 마치 유령처럼 방 안을 돌아다니고 있었다. 그녀를 찾아오는 사람은 아무도 없었다. 그녀는 하루 종일 차가운 방 안에 앉아 있었다.

외롭다는 것, 그것은 차갑고 무시무시한 공포, 묘지의 분위기, 가혹한 죽음의 예감이다. 아, 스스로 고독한 사람은 다른 사람의 고독에 결코 낯설어 할 수가 없다.

내가 알기로 빌케 부인은 이제 아무것도 먹지 않았다. 그 집을 양도받아 나를 그곳에 입주시킨 집주인은 홀로 버려진 빌케 부인에게 호의로 매일 점심과 저녁에 고기 수프 한 그릇을 가져다주었지만 오래가지 않았고, 부인은 점점 쇠약해졌다. 그녀는 누워서 움직이지 않았고, 곧 도시에 있는 병원으로 옮겨졌다. 거기서 그녀는 사흘 만에 세상을 떠났다.

그녀가 세상을 떠나고 얼마 지나지 않은 어느 날 오후, 나는 텅 빈 그녀의 방에 들어가 보았다. 분홍빛의 다정한 저녁 햇살이 방을 비추고 있었다. 마지막까지 가련한 그 부인이 가지고 있던 물건들이 침대 위에 놓여 있었다. 스커트, 모자, 양산, 우산이 놓여 있고, 바닥에는 작고 귀여운 신발이 놓여 있었다. 이 묘한 광경은 나를 말할 수 없이 슬프게 했고, 마치 내가 세상을 떠난 기분이었다. 너무도 크고 아름다워 보이던 풍성한 삶 전체가 이제 시시하고 부서져 버릴 정도로 초라해 보였다. 모든 지나간 것, 사라진 것들이 어느 때보다도 가깝게 느껴졌다. 이제는 주인을 잃어 쓸모없어진 물건과 저녁 햇살에 금빛으로 물든 아름다운 방을 나는 한참 동안 바라보았다. 나는 꼼짝도 하지 않고 서 있었는데 아무 생각도 나지 않았다. 한참을 조용히 서 있으니 마음이 좀 안정되고 편안해졌다. 삶이 나의 어깨를 두드리며 아름다운 눈길로 나의 눈을 들여다보았다. 삶은 이전처럼 활기찼고, 아름다운 세월처럼 황홀했다. 나는 조용히 방을 나와 거리로 나갔다.

그것이면 된다

나는 모년 모월에 세상에 태어나 이런저런 곳에서 자랐고, 성실하게 학교를 다녔고, 이런저런 일을 했고, 이런저런 호칭으로 불렸고, 생각을 많이 하진 않았다. 성(性)으로 말하자면 남성이고, 정치적으로 착한 시민이며, 계층으로 보면 중간층에 속한다. 나는 얌전하고 조용하고 인간 사회의 말쑥한 일원이고, 이른바 착한 시민이며, 맥주 한 잔을 차분하게 마시고, 생각을 많이 하지 않는다. 명백한 사실은 내가 좋은 음식을 먹는 일을 특히 좋아한다는 것, 그리고 또 한 가지 명백한 사실은 내가 사상을 멀리한다는 것이다. 나는 골치 아픈 생각을 엄청 멀리한다. 사상은 나와는 거리가 먼데, 그렇기 때문에 나는 착한 시민이다. 왜냐하면 착한 시민은 많이 생각하지 않기 때문이다. 착한 시민은 자기 밥이나 먹고, 그것이면 된다.

나는 두뇌를 유별나게 많이 쓰는 법이 없고, 그런 일은 다른 사람들에게 맡긴다. 두뇌를 많이 쓰는 사람은 미움을 산다. 많이 생각하는 사람은 재미없는 사람 취급을 받는다. 일찍이 율리우스 카이사르는 자신이 두려워하는 퀭한 눈의 마른 카시우스를 손가락으로 확실하게 지목했는데, 그가 카시우스의 사상을 눈치챈 까닭이었다. 착한 시민은 공포나 의심을 불러오면 안 된다. 생각을 많이 하는 것은, 그의 일이 아니다. 생각을 많이 하면 사랑받지 못한다. 코를 골고 자는 것이 글을 쓰고 생각하는 것보다 낫다. 나는 모년 모월에 세상에 태어나, 이런저런 곳에서 학교를 다녔고, 종종 이런저런 신문을 읽고, 이런저런 직업을 가졌고, 이럭저럭 나이가 들었고, 착한 시민으로 간주되고, 먹는 것을 좋아하고 잘 먹는 사람으로 보인다. 나는 유별나게 골머리를 앓는 법이 없는데, 그런 것은 다른 사람에게 맡겼기 때문이다. 골머리를 앓는 것은 내 일이 아닌데, 왜냐하면 많이 생각하는 사람만 머리가 아프고, 두통이란 도대체 쓸데없는 일이기 때문이다. 잠을 자고 코를 고는 일이 머리가 깨지는 것보다 낫고, 차분하게 맥주 한잔 마시는 것이 글을 쓰고 생각하는 것보다 훨씬 낫다. 사상은 나랑 거리가 멀고, 어떤 상황에서도 나는 머리가 깨지고 싶지 않으며, 그래서 나는 그런 것을 정치 지도자들에게 맡긴다. 그 덕에 나는 착한 시민이고, 그래서 나는 평화롭고, 그래서 골머리를 썩힐 필요가 없고, 그래서 사상과는 완전히 멀리 떨어져 있고, 그래서 나는 너무 많이 생각하는 것을 두려워한다. 나는 복잡한 생각을 두려워한다. 복잡한 생각을 하면 눈앞이 어지럽다. 차라리 나는 맥주 한잔 마시고 복잡한 생각은 정치 지도자들에게 맡긴다. 정치가들은 나 대신 복잡한 생각을 얼마든지 실컷, 두뇌가 깨질 때까지 해도 된다. 두뇌를 긴장시키면 나는 눈앞이 어지럽고, 그런 것은 좋지 않다. 그래서 나는 될 수 있는 대로 두뇌를 긴장시키지 않고, 항상 편하게, 두뇌 없이, 생각 없이 지낸다. 단지 정치 지도자들만 눈앞이 어지러울 때까지, 머리가 깨질 때까지 생각에 몰두하면 만사가 해결된다. 우리 같은 사람은 차분하게 맥주를 마실 수 있을 뿐이며, 흥에 겨워 잘 먹고 밤이면 편안하게 코를 골며 자는 편이 골머리를 않는 것보다 낫고, 글을 쓰고 생각을 하는 것 보다 낫다고 인정한다. 머리를 많이 쓰는 사람은 미움을 받고, 어떤 생각이나 견해를 말하는 사람은 불편한 사람 취급을 받는데, 착한 시민은 불편한 사람이면 안 되고 편한 사람이어야 한다. 나는 힘들고 머리가 깨지는 생각일랑 아주 속편하게 정치 지도자들에게 넘기는데, 왜냐하면 우리 같은 사람은 인간 사회의 착실하고 미미한 일원, 이른바 착한 시민 혹은 소시민이며 편안하게 맥주 한잔 마시고 가능한 한 훌륭하고 기름지고 맛있는 것을 먹고, 그러기만 하면 되는 까닭이다.

정치가들은 눈앞이 멍하고 머리가 아프다고 자백할 때까지 생각을 해야만 한다. 착한 시민은 절대로 머리가 아픈 법이 없고, 항상 맛있는 술을 아주 차분하게 마시고, 밤이면 나지막이 코를 골면서 잠을 잔다. 나는 이름이 이러저러하고, 모년 모월에 태어나, 이곳저곳에서 성실하고 얌전하게 학교를 따라다녔고, 종종 이런저런 신문을 읽고, 이런저런 직업을 전전하며 이력저럭 수년을 보냈고, 골치 아프게 많이 생각하지 않는데, 왜냐하면 골머리 아프고 머리가 깨지는 일은 스스로 책임감을 느끼고, 앞장서서 우리를 인도하는 사람들에게 속 편히 맡겼기 때문이다. 우리 같은 사람은 뒤에서도 앞에서도 책임감을 못 느끼는데, 왜냐하면 우리 같은 사람은 아주 차분하게 맥주 한잔을 마시면서 많이 생각하지 않고, 생각하는 즐거움은 책임감 있는 두뇌들에게 맡겨 둔 덕이다. 나는 이곳저곳에서 머리를 아프게 하는 학교를 다녔고, 그 이후에 조금이라도 다시 머리를 썩히거나 그런 요구를 받아 본 적이 없다. 나는 모년 모월에 세상에 태어나, 이런저런 곳에서 자랐고, 학교를 성실하게 다녔고, 이런저런 일을 했고, 이런저런 호칭으로 불렸고 아무런 책임도 진 적이 없는데, 나는 결코 나 같은 종류의 인간들 중에서 유일한 사람이 아니다. 다행히도 나처럼 맥주 한잔을 차분하게 마시며 별로 생각하지 않고 별로 사랑하지 않으며, 머리를 썩히지 않고 차라리 다른 사람들, 예컨대 정치가들에게 편하게 떠넘기는 사람들이 꽤 많다. 골치 아픈 생각은 나처럼 인간 사회의 조용한 일원한테만 완전히 먼 이야기가 아니다. 다수의 사람들 역시 나와 마찬가지로 좋은 음식을 먹는 걸 좋아하고 많이 생각하지 않고 그럭저럭 나이를 먹고 이곳저곳에서 교육을 받고 나처럼 인간 사회의 깔끔한 일원이면서 나처럼 착한 시민이고 나처럼 복잡한 생각을 멀리하는데, 그것이면 된다.

시인

　아침의 꿈과 저녁의 꿈, 햇빛과 밤, 달과 해와 별. 장밋빛의 대낮과 파리한 빛의 밤. 몇 시간과 몇 분. 몇 주일과 한 해 전체. 때때로 마치 내 영혼의 비밀 친구처럼 나는 달을 올려다보았다. 별들은 나의 귀한 동료였다. 창백하고 차가운 안개의 세상으로 태양이 황금빛 햇살을 비출 때 나는 얼마나 즐거웠는지 모른다. 자연은 나의 정원, 나의 열정, 나의 연인이었다. 내가 보는 것이 모두 내 것으로, 숲과 들, 나무와 길 전부가 내 것이었다. 하늘을 응시할 때 나는 왕자 같았다. 그렇지만 정말 아름다운 것은 저녁이었다. 저녁은 나에게 언제나 동화의 세계였으며, 밤은 나에게 숭고한 암흑이 지배하는 달콤하고 알 수 없는 비밀로 가득한 마술의 성이었다. 이 밤 속으로 가끔 어느 가련한 남자가 연주하는, 깊은 감정을 담은 하프의 멜로디가 파고들었다. 그럴 때면 나는 귀를 기울이고 또 기울였다. 그럴 때면 모든 것이 선하고 정직하고 아름다웠으며, 세계는 말할 수 없는 환희와 즐거움으로 넘쳐 났다. 음악이 없어도 나는 즐거웠다. 나는 시간한테 현혹당한 느낌이었다. 마치 사랑스러운 실체와 이야기하듯 나는 이들 시간과 이야기를 나누었고, 시간이 나에게 이야기를 건넨다고 생각했으며, 마치 시간에게 얼굴이 있는 것처럼 시간을 바라보았고, 시간 역시 묘하고 다정한 눈으로 나를 조용히 관찰하는 것 같았다. 가끔 바다에 빠져 익사한 듯한 생각이 들었고, 나는 그렇게 조용히 말 없이 소리 없이 살았다. 나는 모든 것과 아무도 눈치채지 못하는 친밀한 교분을 가졌다. 그것, 아무도 생각하지 않는 그런 일에 나는 하루 종일 잠겨 있었다. 하지만 그것은 달콤한 생각이었고, 슬픔이 나를 찾아온 적은 거의 없었다. 오히려 중간에 보이지 않는, 신난 무희 같은 그 무언가가 나의 외딴 방으로 뛰어들어 와 나로 하여금 웃음을 터뜨리게 만들었다. 나는 아무도 아프게 하지 않았고, 나를 아프게 하는 사람은 아무도 없었다. 나는 그렇게 예쁘게, 그렇게 저만치 떨어져 있었다.

스노드롭

지금 막 나는 누군가에게 소설 한 편을 힘들이며 고생해서, 혹은 힘을 들이지 않고 수월하게 끝냈노라고 편지를 썼다. 그 굉장한 원고는 세상으로 나갈 채비를 하고 서랍 속에 들어 있다. 이미 제목을 달았고, 작품을 포장해서 발송할 포장지도 준비했다. 그리고 새 모자도 하나 샀는데, 당분간은 일요일에만 쓸 작정이다.

최근 목사 한 분이 찾아왔다. 직무 때문에 온 것으로 보이지 않아 나는 반갑고 좋았다. 목사가 시적 재능을 가진 어느 교사에 관해 이야기했다. 얼마 전 나는 봄 길을 걸어 마을 아이들에게 공부를 가르치면서 다른 한편으로는 시를 쓴다는 그 교사한테 가 볼 생각을 했다. 나는 교사 스스로 자신이 남들보다 더 나은 사람이며 더 깊은 경험을 가졌다고 생각하는 것은 괜찮은 일, 자연스러운 일이라고 생각한다. 직업상 교사는 진지한 것, 영혼과 관계가 있다. 여기서 장 파울[18]이 쓴『아

---

18   Jean Paul(1763~1825): 독일의 낭만주의 소설가.

우엔탈의 행복한 여교사 마리아 부츠의 삶, 한 편의 전원시』
가 생각났는데, 나는 이 책, 이 작은 책자를 굉장히 여러 번 재
미있게 읽었고, 앞으로도 틀림없이 또 읽으리라 생각한다. 중
요한 점은 이제 봄이 시작된 것이다. 나는 이제 즐거운 봄에
대해 이런저런 시들을 쓸 것이다. 난방을 생각할 필요가 없어
서 더할 나위 없이 좋다. 두꺼운 겨울 코트는 곧 쓸모없게 될
것이다. 누구나 외투를 걸치지 않고 돌아다니게 되는 것을 좋
아한다. 다행히도 이 세상엔 모두 한마음으로 신이 나서 공감
하는 일들이 아직 남아 있다.

스노드롭[19]을 보았다. 마당에도, 장에 가는 시골 아낙의 수
레에도 있었다. 한 다발 사고 싶었지만 나처럼 건장한 사람이
그처럼 섬세한 생명을 가지는 것은 맞는 일이 아닌 것 같았다.
온 세상이 반기는 소식을 전하는 이 부끄럼쟁이, 무엇보다도
빠른 전령은 달콤하기 그지없다.

민속놀이가 열렸는데, 입장료는 무료다. 자연, 머리 위의
하늘은 좋은 일만 하면서 우리들 모두에겐 공평한 아름다움
을 선사한다. 낡고 흠 있는 것이 아니라 신선하고 맛있는 것만
준다. 사람들은 아직 겨울을 말하지만 이미 봄을 말하고 있다.
과거를 말하면서도, 신이 나서 용감하게 새로운 것을 말한다.
추위를 말하지만 이미 더 따뜻한 것을 말한다. 눈을 말하지만
녹색 세상, 움트는 싹을 말한다. 이런저런 말을 나누면서 음지
와 산꼭대기엔 눈이 많이 쌓여 있다고 말하지만, 눈은 이미 햇
볕에 녹고 있다. 그래도 서리는 아직 가시지 않았다. 4월은 민

---

19 수선화과의 식물로 설강화라고도 한다. 대부분 겨울에, 춘분이 오기 전에 개화
한다.

을 수가 없다. 그래도 바라는 것은 이루어질 것이다. 따스함이
세상을 덮으리라.

스노드롭이 갖가지 이야기를 속삭인다. 산속에서 난쟁이
들한테 극진한 환영을 받은 백설 공주가 생각난다. 장미도 머
릿속에 떠오르는데, 이들 둘은 서로 다르기 때문이다. 모든 것
은 항상 반대의 것을 생각나게 한다.

조금만 기다리자. 행복이 오고 있다. 행복은 언제나 우리
가 생각하는 것보다 더 가까이에 있다. 기다리면 복이 온다.
최근에 스노드롭을 보았을 때 나는 이 오래되고 좋은 속담이
생각났다.

아무것도 모르는 사람

상당히 오래전, 아니 최근일 수도 있는데 아무것에도 관심 없는 남자가 살았다. 도대체 그는 아무것도 몰랐다. 그는 재봉틀 탁자에서 전화를 걸었다. 아이 하나는 탁자 아래에서 손전등을 가지고 책을 읽었다. 다른 아이는 가위로 옷본을 오려서 빨간색 식탁보를 만들었다. 다른 한 사람은 시가를 피우며 지도를 쳐다봤는데, 그것은 신문일 수도 있다. 혹시 이 남자가 이런저런 생각을 너무 많이 하는 것 아닌가 싶지만 그렇지 않다. 그에겐 애초에 생각할 것이 없었다. 머리엔 생각이 들어 있지 않았다. 그 남자는 어느 날 산책 중에 가진 돈을 전부 잃어버렸다. 가진 것이 하나도 남아 있지 않았지만 그는 조금도 개의치 않았는데, 그 사실을 전혀 알지 못한 까닭이었다. 남자는 잃어버린 것을 느끼지 못했다. 아무것도 모르면 아무것도 느끼지 못하기 때문이다. 우산을 잃어버린 적도 있는데, 비가 오기 시작하고 나서야 그는 우산을 잃어버렸다는 사실을 알았다. 비에 젖은 탓이었다. 그는 아무것도 몰랐다. 구두 밑창이 없어져서 맨발로 걸어간 적도 있고, 어떤 때에는 모자를 잃어

버리기도 했다. 사람들이 말해 주면 그는 그제야 그것을 알아차렸다. 그건 그렇고, 그 사람의 이름은 빙켈리이다. 그가 이름을 선택한 것은 아니다. 물론 다른 이름일 수도 있다. 그의 아내는 다른 남자와 바람을 피우지만 그는 그것을 모른다. 남들이 마구 놀리는데도 그는 그것을 모른다. 무엇을 골똘히 생각하는 것도 아닌데 그는 항상 땅바닥만 내려다보고 다닌다. 이상한 사람이다. 사람들이 그에게서 전부 다 훔쳐 가도 그는 모른다. 입에 문 담배를 훔쳐 가든, 머리에 쓴 모자를 훔쳐 가든, 발아래 땅바닥을 훔쳐 가든, 손에 낀 반지를 훔쳐도, 접시에서 음식을 훔쳐도, 다리에서 신발과 바지를 훔쳐도 그는 모른다. 사람들이 아이들을 빼앗아 가고, 앉아 있는 의자를 빼앗아 가도 그는 아마 모를 것이다. 땅바닥에 내려앉게 되면 그제야 알게 될 것이다. 그림을 보면 내가 말한 대로, 사람들이 그에게서 전부 다 빼앗아 갔다는 것을 알 수 있을 것이다. 그런데 어느 날 그가 한참 길을 걷고 있는데 갑자기 그의 머리가 떨어졌다. 아마 머리가 목에 단단히 붙어 있지 않았던 것 같은데, 그게 아니라면 머리가 땅바닥에 떨어질 리 없다. 하지만 그 남자는 아무것도 몰랐다. 그는 머리가 없는 채로 그냥 걸어갔다. 그때 웬 남자가 머리가 없는 그에게 갑자기 말을 걸었다. 당신은 머리가 없는데도 어떻게 그럴 수가, 괜찮을 수가 있나요? 하지만 아무것도 느끼지 못하기 때문에 그는 머리가 없어도 괜찮았다. 이제 당신 순서인데, 당신은 이 이야기를 믿나요? 믿는다면 돈을 좀 드릴 테니 무엇이든 사서 가지세요.

툰의 클라이스트

클라이스트[20]는 툰[21] 근교 아레 강 어느 섬의 농가에서 숙식하기로 마음을 정했다. 백 년 이상 지난 오늘날 더 이상 자세한 것을 알 수는 없지만, 나는 그가 십 미터 길이의 작은 다리를 건너가 초인종 줄을 당겼으리라고 생각한다. 그러자 누가 왔는지 보려고 누군가가 그 집의 층계를 내려왔을 것이다. "세놓을 방이 있습니까?" 클라이스트는 놀랄 만큼 싼값을 부른 방 세 개를 둘러보고 금방, 수월하게 결정한다. "매력적인 베른 아가씨가 집안일을 돌봐 주고 있어." 아름다운 시, 어

---

20 Heinrich Wilhelm von Kleist(1777~1811): 프로이센의 극작가, 노벨레 작가로 희곡 『슈로펜슈타인 집안』(1803), 『로베르트 귀스카르트』(1808), 『깨진 항아리』(1804), 『펜테질레아』(1808), 『헤르만의 전투』(1808), 『홈부르크 왕자』(1809~1811) 등의 걸작을 남겼다. 그러다 이른 나이에 베를린 교외의 강가에서 권총 자살로 일생을 마쳤다. 『칠레의 지진』을 위시한 그의 노벨레는 독일 문학에서 독보적인 위치를 차지한다. 그가 남긴 『미하엘 콜하스』는 영화화되었다.

21 Thun: 툰은 스위스 베른 주에 있다. 클라이스트는 1802~1803년에 아레 강 하구에 위치한 델로세아 섬에 수개월 동안 머물렀다. 발저는 이 단편에서 그때 클라이스트가 쓴 편지들을 참조한 것으로 보인다.

린아이, 용감한 행동, 이 세 가지가 그의 뇌리에서 떠나지 않는다. 하지만 그는 좀 아프다. "도대체 뭐가 잘못됐지? 내가 왜 이러지? 여기는 너무도 아름답다."

물론 그는 글을 쓴다. 가끔은 마차를 타고 문인 친구들을 만나러 베른으로 가서 자신이 쓴 것을 낭독한다. 모두들 그를 마구 치켜세우면서도, 성격이 좀 별난 친구라고 생각한다. 그는 『깨진 항아리』[22]를 쓴다. 하지만 이 모든 것이 무슨 소용이 있다는 말인가. 봄이 되었다. 툰 근교의 들판에는 꽃이 만발하고 향기가 진동한다. 벌이 윙윙대고 일이 시작되어 온갖 소리가 들리고 한편에선 농땡이를 부린다. 태양은 미칠 듯이 뜨겁다. 책상 앞에 앉아 글을 쓰려 하니 사람을 멍하게 하는 뜨거운 열기가 클라이스트의 머리까지 올라온다. 그는 작업을 저주한다. 스위스로 올 때 그는 농부가 되고자 했다. 그건 멋진 생각이었다. 포츠담에서는 그런 생각을 쉽게 하게 된다. 대관절 시인은 너무도 쉽게 그런 생각을 한다. 종종 그는 창가에 앉아 있다.

아마 오전 10시쯤 된 것 같다. 그는 혼자 있다. 무슨 소리라도 들리면 좋겠다. 하지만 무슨 소리? 누군가의 손길이라도 있으면? 뭐하려고? 누군가의 육체라도? 무엇 때문에? 호수는 부자연스러운, 마술 같은 산에 둘러싸여 저 멀리 하얀 안개와 베일 속에 놓여 있다. 너무 혼란스럽고 불안하다. 전체적인 풍경으로 말할 것 같으면 저 아래 호수까지는 온전히 정원이고, 푸르른 창공에는 꽃들이 넘치는 다리와 향기로 가득

---

22 독일의 3대 희극으로 꼽히는 이 작품은 항아리를 깨뜨린 범인을 놓고 벌이는 공방전이다. 범인을 심문하던 판사가 결국 범인으로 밝혀진다.

한 테라스가 뒤얽혀 늘어져 있다. 새들은 태양 아래 햇살을 받으며 힘없이 노래한다. 새들은 행복하고 졸음으로 가득해 보인다. 클라이스트는 팔로 머리를 괸 채 바라보고 또 바라보며 스스로를 잊기로 한다. 멀리 북쪽에 있는 고향이 눈앞에 어른거리고 어머니의 얼굴이 똑똑히 보인다. 귀에 익은 목소리들, 참담하다. 그는 벌떡 일어나 마당으로 내려간다. 거기서 쪽배에 올라 노를 저어 망망한 아침 호수로 나아간다. 태양의 입맞춤은 둘도 없는 것, 계속 되풀이된다. 바람 한 점 없다. 아무것도 움직이지 않는다. 산은 마치 유능한 무대 미술가가 그린 그림 같다. 전체 풍경이 앨범 사진 같고, 산은 세련된 아마추어 화가가 앨범 주인에게 기념으로, 백지에다 시 한 편과 함께 그려 준 선물 같다. 앨범의 표지는 연녹색이다. 잘 어울린다. 호숫가의 산기슭은 듬성듬성 녹색인데, 꽤 높고 꽤 답답하고 꽤 향기롭다. 라, 라, 라. 그는 옷을 벗고 물속으로 뛰어든다. 정말 기분 좋다. 그는 헤엄치면서 여자들이 물가에서 웃는 소리를 듣는다. 청록색 호수에서 보트가 느리게 움직인다. 자연은 유일무이한 거대한 포옹이다. 얼마나 기쁘고, 동시에 얼마나 고통스러운지 모른다.

때로, 유난히 아름다운 저녁이면 그는 이곳이 세상의 끝인 것 같다고 상상한다. 그에게 알프스는 높은 천국으로 들어가는, 도달할 수 없는 입구 같다. 그는 자신의 작은 섬으로 간다. 한 발자국, 또 한 발자국 오르내리며 걸어간다. 집안일을 해 주는 아가씨가 수풀 사이에 빨래를 널어놓았다. 그 사이로 감미로운, 노르스름한, 병적으로 아름다운 햇살이 반짝인다. 눈 덮인 산의 얼굴은 너무도 창백하고, 사방은 최후의, 범접할 수 없는 아름다움으로 넘쳐 난다. 갈대 사이로 이리저리 헤엄치는 고니들은 아름다운 풍경과 저녁 햇살에 매혹된 듯 보인다. 대기는 병들었다. 클라이스트는 무자비한 전쟁에, 그 전투에 투입되었으면 한다. 그는 스스로를 비참하고 쓸모없는 인간으로 느낀다.

그는 산책을 한다. 미소를 지으며 왜 나는 할 일이, 맞닥뜨려 뒤엎을 일이 없는지 스스로에게 묻는다. 몸 안의 원기와 활력이 나지막이 탄식하는 것 같다. 그의 모든 영혼이 육체의 분발을 갈구한다. 그는 진초록 담쟁이덩굴이 회색 돌담에 열정적으로 뒤엉킨 높고 오래된 성벽을 타고 올라 성이 있는 언덕으로 간다. 높은 곳에 달린 창문마다 저녁 햇살이 반짝인다. 암석 기슭의 한 귀퉁이에는 멋진 정자가 있다. 그는 그곳에 앉아 빛나는, 성스러운, 고적한 풍경 아래로 생각을 날려보낸다. 기분이 좋아지자 그는 아마 놀랐을 것이다. 신문을 읽었을까? 어땠을까? 존경받는 숙맥 공무원과 어리석기 그지없는 정치 이야기 혹은 사회에 유용한 대화라도 나누었을까? 그랬을까? 그는 불행하지 않다. 그는 마음속으로 쓸쓸하지 않은 사람은 행복한 사람이라고 생각한다. 자연스럽고 강하게 쓸쓸한 사람. 그는 약간, 아주 조금 더 많이 나쁠 뿐이다. 해결되지 않는 현재의 모든 조심스럽고 신뢰할 수 없는 감정들로 불행하기에는 그는 너무나 예민하다. 그는 소리치며 울고 싶다. 맙소사, 내가 왜 이러지? 그는 어두워지는 언덕을 내려온다. 밤이 그를 진정시킨다. 방으로 돌아와 그는 책상 앞에 앉는다. 작정하고 미친 듯이 일을 할 생각이다. 등잔의 불빛이 그에게서 현재의 형상을 거두어 간다. 가벼워진 마음으로 그는 글을 쓴다.

비 오는 날이면 끔찍하게 춥고 인적이 없다. 주변이 으슬

으슬하다. 해가 나온 뒤에는 녹색 관목들이 찔찔대며 신음하고, 이윽고 빗방울이 떨어진다. 뻔뻔스러운 살인자의 커다란 손처럼 시꺼먼 거대한 구름이 산머리 위를, 마치 이마를 스치듯 지나간다. 땅은 날씨 앞에 기어들며 몸을 숨기려는 것 같다. 호수는 세차고 음산하다. 그리고 파도는 무서운 이야기들을 쏟아 낸다. 비바람이 불길한 경고처럼 몰아치며 이곳에서 빠져나가지 못한다. 이쪽 절벽에서 저쪽 절벽으로 휘몰아친다. 여긴 어둡고 협소하다. 정말 협소하다. 모든 게 코앞에 있다. 몽둥이를 들고 후려치고 싶다. 저리 가라, 저리 가.

그러다가 해가 나오고, 일요일이다. 종이 울린다. 언덕 위의 교회에서 사람들이 쏟아져 나온다. 아가씨들과 부인네들은 은빛 장식을 한, 상체가 꽉 끼는 검은 옷을 입었고, 남자들은 소박하고 엄숙한 차림새다. 손에는 기도서를 들고 있는데 얼굴은 평화롭고 아름답다. 마치 모든 두려움이 사라지고, 모든 근심과 다툼이 해결되어 괴로움을 털어 낸 듯 보인다. 종이 울린다. 종은 메아리치고 물결치며 울려 퍼진다. 화창한 일요일 낮의 마을 전체로 반짝이며, 빛을 발하며, 푸르게 울려 퍼진다. 사람들이 흩어진다. 클라이스트는 묘한 감정에 사로잡힌 채 교회 계단에 서서, 아래로 내려가는 사람들의 움직임을 좇는다. 농부의 아이들이 보이는데, 마치 공주로 태어난 아이들처럼 기품 있고 자유롭게 계단을 내려간다. 아름답고 젊고 힘이 넘치는 산골 청년들도 있다. 그들의 집은 산 아래, 평지가 아니라 놀랄 정도로 깊게 파고들어 간 산 사이의 협곡, 사나운 거인의 팔뚝 정도로 보이는 좁은 계곡이다. 밭이나 들판이, 급경사진 산기슭에 간신히 매달려 있는 곳이다. 향기롭고 뜨거운 풀이 비좁은 땅에서, 무시무시한 심연 바로 옆에서 춤

촘하게 자라고 있는 곳, 저 아래 넓은 국도에 서서 혹시 저 위에 인가(人家)가 있나 싶어서 올려다보면 집들이 목초지에 마치 작은 혹처럼 달라붙어 있는 곳이다.

클라이스트는 일요일을 좋아한다. 그리고 푸른 작업복과 시골 아낙의 전통 의상이 큰길과 골목길마다 넘쳐 나고 복작대는 장날도 좋아한다. 팔 물건이 그곳 골목길, 인도, 돌 아치, 가판대 곳곳에 산더미처럼 쌓여 있다. 장사꾼들은 시골풍 애교를 섞어 가면서 자신의 저렴한 보물들을 사라고 소리친다. 대개 그런 장날의 날씨는 굉장히 화창하고, 덥고, 답답하고 후덥지근하다. 클라이스트는 신난 다양한 인파 속에서 이리저리 떠밀리는 것을 좋아한다. 사방에서 치즈 냄새가 진동한다. 진지해 뵈는, 때로 아름다운 시골 부인이 상당히 고급스러운 상점 안으로 물건을 사러 조심스럽게 들어간다. 많은 남자들이 입에 파이프 담배를 물고 있다. 돼지, 송아지, 소를 몰고 가는 사람들도 있다. 한 남자가 웃으면서 막대기로 분홍빛 돼지를 때리며 몰고 간다. 돼지가 말을 듣지 않자 그는 돼지를 겨드랑이에 안고 간다. 사람들의 옷에서 몸 냄새가 난다. 주막에서 술 마시고, 춤추고, 식사하는 소음이 들려온다. 소음, 이 자유로운 소리. 때로 길이 막혀 마차가 뚫고 지나가지 못한다. 장사하고 떠들어 대는 사람들 사이에 말이 갇힌 것이다. 햇살이 모든 물건에, 얼굴, 옷, 광주리, 상품 위에 곧장 쏟아진다. 모두가 움직이고, 현란한 햇살이 그 뒤를 따라 움직인다. 클라이스트는 기도하고 싶다. 어떤 웅장한 음악도 이보다 더 아름답지 않다고, 어떤 영혼도 이 사람들의 움직임이 보여 주는 음악이나 영혼보다 더 섬세하지 않다고 그는 생각한다. 그는 좁은 골목으로 내려가는 층계에 앉고 싶다. 하지만 계속 걸어가면서 치마를 걷어 올린 아낙들 곁을 지나고, 이탈리아 명화에서 본 항아리를 든 여인네들처럼 거의 우아하게 머리에다 바구니를 얹은 아가씨들 곁을 지나간다. 소리 지르는 남자들과 술 취한 남자들 곁을 지나 순경 곁을 지나고, 나름대로 할 일이 있는 학생들 곁을 지나고 서늘한 기운이 감도는 벽감을 지나서 밧줄, 막대기, 식품, 가짜 장신구, 입, 코, 모자, 말, 가리개, 침대보, 털양말, 소시지, 버터 덩어리와 치즈 받침을 지나 드디어 소란에서 벗어나 아래 강의 다리로 가서, 그곳 난간에 기대서서 힘차게 흘러가는 짙푸른 강물을 바라본다. 저 위에서는 성탑이 흘러넘치는 누런 불길처럼 반짝이며 빛을 발한다. 절반은 이탈리아다.

　때로 특별할 것 없는 평일이면 온 마을이 햇살과 고요함으로 그를 사로잡는다. 그는 독특하게 생긴 오랜 시청 건물 앞에 조용히 서 있다. 햇빛을 받아 반짝이는 하얀 벽에는 연도 수가 뾰족한 글씨로 쓰여 있다. 모든 것이, 잊어버린 옛 노래의 가사처럼 무심하다. 살아 있는 것이 별로 없다. 그렇다, 전혀 없다. 나무 층계를 밟으며 그는 백작의 고성으로 올라간다. 목재에서는 세월과 옛 사람들의 삶의 냄새가 난다. 높은 데에서 경치를 바라보려고 그는 휘어진 넓은 녹색 벤치에 앉아 눈을 감는다. 사방이 잠든 것처럼 끔찍하고 먼지에 싸여 생명이 느껴지지 않는다. 가까운 곳이 멀리, 하얗게, 베일에 싸인 듯, 꿈꾸듯 멀리 보인다. 모든 것이 뜨거운 구름에 싸여 있다. 여름이다. 그런데 무슨 여름인가? 나는 살아 있지 않아, 하고 그는 소리친다. 그는 눈을, 손을, 다리를, 숨을 어떻게 해야 할지 알 수가 없다. 꿈이다. 아무것도 없다. 난 꿈이 싫다. 난 너무 외롭게 살고 있다, 하고 드디어 그가 중얼거린다. 자신이 주변 세상에 대해 얼마나 무감각한지 느끼며 그는 몸서리친다.

그러다가 여름 저녁이 온다. 클라이스트는 교회의 높은 담에 앉아 있다. 사방이 습하고 무덥다. 그는 가슴이 편하도록 셔츠를 풀어헤친다. 저 아래에는 마치 신의 힘센 손이 아래로 던져 놓은 것 같은 호수가 노르스름하고 불그레하게 빛난다. 빛 전체가 물속 깊은 곳에서 올라온 것처럼 보인다. 호수가 불타는 것 같다. 알프스는 생기를 찾고, 멋진 몸짓으로 이마를 물속에 담근다. 호수의 고니들이 조용한 섬 주변을 배회하고, 나무우듬지는 어두운, 노래하는, 향기로운 행복 속, 그 위에서 흔들린다. 위라니? 없다, 없다. 클라이스트는 이 모든 걸 들이마신다. 검게 빛나는 호수 전체가 그에게는 보석으로, 잠이 든 거대한 미지의 여성의 몸을 덮은 기다란 보석 타래로 보인다. 보리수, 전나무, 꽃들이 향기를 뿜어낸다. 잘 들리지 않는 나지막한 소음이 있는데, 그는 그것을 듣고 보기까지 한다. 그건 새로운 것이다. 그는 알 수 없는 것, 이해할 수 없는 것을 원한다. 저 아래 호수에 배 한 척이 흔들리며 떠 있다. 클라이스트는 그것을 보지 않고, 배와 함께 이리저리 흔들리는 등잔을 본다. 그는 거기서 얼굴을 앞으로 숙인 채 아름다운 심연의 형상 속으로 죽음의 도약을 앞둔 사람처럼 앉아 있다. 그는 죽어 형상 속으로 사라지고 싶다. 그는 눈(目)만 있었으면 한다. 유일한 눈이고 싶다. 그렇다, 완전히 전혀 달라지고 싶다. 대기는 다리(橋)이어야 하고, 풍경의 전체 형상은 의자, 감각적으로, 행복하게, 지쳐서 기대고 앉을 의자이어야 한다. 밤이 됐지만 그는 내려가고 싶지 않다. 그는 덤불 아래 숨어 있는 무덤에 몸을 던진다. 박쥐가 그의 주변을 날고, 끝이 뾰족한 나무들이 살그머니 스쳐 지나가는 바람에 소곤댄다. 시신을 덮고 있는

풀은 너무도 향기롭다. 그는 슬플 정도로 행복하다. 끔찍이 행복한 나머지 목이 너무 조이고, 너무 메마르고, 너무 고통스럽다. 너무도 외롭다. 왜 죽은 사람들은 내게 다가와서 반 시간이라도 이 외로운 사람과 이야기를 나누지 않는가. 여름밤에는 애인이 있어야 한다. 하얗게 빛나는 가슴과 입술에 대한 생각은 정장 차림의 클라이스트를 산에서 호숫가로, 물로, 웃고 울며 내려가게 한다.

몇 주가 지나갔다. 클라이스트는 하나, 둘, 세 개의 작업을 파기한다. 그는 최고의 걸작을 원한다. 그래, 그랬겠다. 어땠을까? 망설였을까? 쓰레기통으로 던진다. 새로운 것, 더 강력하고, 더 아름다운 것을 써야 한다. 그는 「젬파흐 전투」를 쓰기 시작한다. 그 중심에는 오스트리아의 레오폴트라는 인물이 있다. 그의 특이한 운명이 클라이스트를 매혹한다. 그사이에 『로베르트 귀스카르트』가 생각난다. 그를 멋지게 만들고 싶다. 이성적으로 균형이 있고, 소박하게 감성적인 사람이 될 수 있는 행운이 부서진 탓에, 그는 굴러떨어지는 바윗덩어리처럼 조각나고 자기 인생이 파괴되는 것을 본다. 클라이스트는 불운한 시인으로서 완전히 파멸하고 싶다. 가능한 한 빨리 파괴될수록 최상이다.

창작으로 얼굴이 일그러진다. 잘되지 않는다. 가을이 되고 그는 병이 든다. 자신을 감싸는 부드러움에 그는 놀란다. 그를 집으로 데려가려고 누나[23]가 툰으로 온다. 그의 뺨은 움푹 파였다. 얼굴과 표정은 혼이 나간 사람 같다. 눈은 그 위쪽

---

23 Ulrike Philippine von Kleist(1774~1849): 클라이스트와 가까웠던 세 살 연상의 이복 누나.

의 눈썹보다도 더 생기가 없다. 머리카락은 촘촘하고, 앞이 뾰족하게 다발로 덩어리져서 온갖 생각으로 일그러진 이마를 덮고 있다. 그는 자신이 더러운 구멍, 지옥에 떨어졌다고 생각한다. 머릿속을 맴도는 시구(詩句)는 까마귀의 울음소리 같다. 그는 기억들을 다 지워 버리고 싶다. 인생을 다 비워 버리고 싶은데, 먼저 인생의 껍데기부터 부수어 버리고 싶다. 분노가 통증에까지 이르고, 조롱이 비탄에 이른다. 무슨 문제가 있니, 하인리히, 누나가 그를 포옹한다. 아무것도, 아무것도 아냐. 무슨 문제가 있는지 말해야 하는 것, 그것이 문제다. 방바닥에는 원고가 부모한테 버림받은 아이들처럼 널려 있다. 그가 누나에게 손을 내밀고 오래, 그리고 말없이 바라본다. 이미 해골처럼 보이는 그의 몰골에 누나는 몸서리를 친다.

이제 그들은 떠난다. 클라이스트에게 집안일을 해 주던 아가씨가 안녕히 가시라고 인사를 건넨다. 화창한 가을 아침이다. 마차는 다리를 지나 사람들을 지나고, 거칠게 포장된 골목길을 지나간다. 사람들이 창문에서 내다본다. 위에는 하늘, 아래에는 잎이 노랗게 물든 나무들, 사방이 고요하고 청명한데, 그런데? 마부는 담뱃대를 입에 물고 있다. 모든 것이 평소와 다름없다. 클라이스트는 마차 한 귀퉁이에 풀이 죽어 앉아 있다. 툰 성의 탑들이 언덕 뒤로 사라진다. 그 후에, 멀리서 클라이스트의 누나가 다시 한 번 아름다운 호수를 바라본다. 날씨가 벌써 선선하다. 시골집들이 나타난다. 아이고, 저런 커다란 산장이 이런 산속에 있네. 마차는 계속 달린다. 모든 것이 양쪽 측면에서 뒤로 날아가며 가라앉는다. 춤추고 선회하며 모든 것이 사라진다. 풍경은 이미 가을의 베일에 휩감겨 연한 황금빛을 띠고 있다. 사방이 구름 사이로 얼굴을 내민 햇살을 받고 있다. 이런 더러움 속에서도 저렇게 황금빛으로 빛나는 걸 좀 봐. 언덕, 절벽, 계곡, 교회, 마을, 멍하니 쳐다보는 사람들, 아이들, 나무, 바람, 구름 그리고 또 뭐지? 뭔가 특별한가? 허접하고 평범한 것 아닌가? 클라이스트는 아무것도 보지 않는다. 그는 구름, 형상들, 사랑스럽고 위안을 주며 어루만지는 인간의 손을 꿈꾼다. 좀 어떠니, 하고 누나가 묻는다. 클라이스트는 입을 실룩하며 미소를 좀 내보이려 한다. 미소가 나오긴 하지만, 쉽지는 않다. 미소를 짓기 위해서는 입에서 돌멩이부터 뱉어야 하는 사람처럼 보인다.

누나는 실제적인 일에 대해 그의 입을 열게 하려고 조심스럽게 애를 쓴다. 그는 고개를 끄덕인다. 그 자신도 같은 의견이다. 음악 소리를 내는 밝은 햇살이 그의 감각 주변에 아른거린다. 솔직하게 말하자면 그는 아주 편안하다. 고통스럽지만 동시에 편안하다. 아니 그는 무언가가 고통스럽다. 실제로, 정말로 그렇다. 하지만 가슴은 아니고 폐도 아니고 머리도 아니다. 그런가? 정말인가? 아무 데도 아프지 않은가? 아니, 아프다. 아주 약간, 어딘지 모르겠고, 어디라고 말할 수는 없지만 아프다. 그러니 그 일은 말할 가치가 없다. 그런데 말을 하면 금방 어린아이처럼 행복한 순간이 찾아온다. 그러면 누나는 당장에 엄한, 책망하는 얼굴을 한다. 그가 얼마나 이상하게 본인의 인생을 가지고 장난쳤는지를 좀 보여 주기 위해서다. 누나는 동생이 내던져 버리려고 했던 교육을 향유했다. 그나마 동생이 괜찮아 보여서 누나는 행복하다. 앞으로, 앞으로 마차는 계속 달린다. 종착지까지 우편 마차는 달려가야 한다. 마지막으로 하고 싶은 말은, 클라이스트가 머물렀던 시골집의 문엔 대리석 판이 붙어 있어서 거기에 누가 살며 글을 썼는지 알려 준다는 사실이다. 알프스 여행을 하는 여행객들은 그것을 읽을 수 있다. 툰에 사는 아이들도 그것을 읽고, 한 글자 한 글자 철자를 말하면서 의아한 눈으로 서로를 쳐다본다. 유대인도 그것을 읽을 수 있고, 기독교인도 시간이 넉넉하고 기차가 금방 출발하지 않는다면 그걸 읽을 수 있다. 터키인도, 제비도 관심만 있다면 읽을 수 있고, 나도 읽을 수 있고, 기회가 있을 때마다 나는 언제든지 또 와서 읽을 수 있다. 툰은 베른 주의 고산 지대에 위치하고 있는데, 매년 수천 명의 외지인들이 방문한다. 나는 이 지역을 좀 아는데, 그곳에서 맥주 회사 직원으로 일한 적이 있기 때문이다. 그 지역은 내가 이 글에서 묘사한 것보다 훨씬 더 아름답다. 호수는 두 배나 더 푸르고, 하늘은 세 배나 더 아름답다. 툰에서는 산업 박람회가 열린 적이 있다. 확실하진 않은데 사 년 전 같다.

어느 학생의 일기[24]

중학생이 되면 인생에 관해 어느 정도 진지하게 생각하기 시작한다고 한다. 자, 지금 나는 그것을 해 보려고 한다. 우리들의 교사 가운데 뵈힐리라는 분이 있다. 뵈힐리를 생각할 때마다 웃음이 쏟아지는데, 그는 정말이지 우습다. 그는 계속 따귀를 때리는데, 이상하게도 그의 손찌검은 하나도 아프지 않다. 그는 멋지게 따귀를 때리는 방법을 제대로 배우지 못했다. 그 사람은 이 세상에서 가장 착하고, 웃기는 사람이다. 그런데 우리는 그를 얼마나 화나게 만드는지 모른다. 그건 점잖은 일이 아니다. 하지만 우리 학생들은 결코 점잖은 인간들이 아니고, 착하고 절제된 생각도 없다. 왜 우리는 이 뵈힐리 선생을 그렇게 놀려 대며 법석을 떨까? 용기가 별로 없기 때문인 듯싶은데, 우리의 윗사람으로는 종교 재판관 같은 사람이 알

---

24 여기 등장하는 교사들은 실제로 발저가 학창 시절에 만난 교사들을 모델로 삼은 것으로 알려져 있다. 같은 교사들의 모습이 『야콥 폰 군텐』(국내에서는 『벤야멘타 하인 학교』로 번역, 출간되었다.)에도 등장한다.

맞다. 뵈힐리가 만족하고 즐거워하면, 우리는 그의 즐겁고 만족스러운 기분이 당장에 날아가 버리도록 행동한다. 그게 올바른 일인가? 그렇게 볼 수 없다. 그가 화를 내면 우리는 그를 놀리며 웃어 댄다. 아, 세상에는 화를 내는데도 우스운 사람이 있다. 그리고 우리의 뵈힐리 선생이야말로 그런 종류의 사람인 것 같다. 그는 회초리를 별로 사용하지 않는다. 그런 불유쾌한 도구를 사용해야 할 만큼 화를 내는 일이 아주 드물기 때문이다. 그는 뚱뚱하고 키가 크고, 얼굴이 푸르죽죽했다. 이 뵈힐리 선생에 관해 더 이상 무슨 말을 해야 할까? 일반적으로 말해서 그는 직업을 잘못 선택한 것 같다. 아마 그는 양봉업자나 그 비슷한 직업을 가졌어야 할 것 같다. 그가 안됐다.

블록은 우리 프랑스어 교사인데, 키가 크고, 마르고, 호감이 가지 않는 그런 사람이다. 입술이 두꺼운데, 눈 역시 두껍고 부어서 입술하고 비슷하다. 그는 말을 심술궂게, 막힘없이 한다. 나는 그것을 증오한다. 그 점만 빼면 나는 아주 훌륭한 학생인데, 유독 블록 선생의 앞에서는 실수를 연발한다. 내가 그런 인간한테서 배워야 한다는 사실 때문이다. 블록 선생 앞에서 착하고 정직한 사람이 되려면 무감각한 인간이 되어야 한다. 그는 결코 진심인 적이 없었다. 가죽 가방 같은 그 사람을 어떻게 해도 화나게 할 수 없다는 사실을 알고 우리 학생들은 얼마나 마음이 상했는지 모른다. 그는 납 인형 같고, 어딘가 섬뜩하고 끔찍한 점이 있다. 그는 성격이 못된 사람이고, 끔찍한 가정생활을 하고 있는 게 확실하다. 아버지가 그런 사람이면 절대 안 된다. 블록을 볼 때마다 나는 내 아버지가 보석 같은 분이라는 사실을 정말 기쁘게 생각한다. 블록 선생은 항상 뻣뻣한 모습이다. 마치 반은 목재, 반은 쇠로 된 듯하다. 그는 아무것도 못하는 사람을 비웃는다. 적어도 다른 교사들은 화를 낸다. 화를 내는 게 좋은데, 왜냐하면 그건 예상할 수 있는 일이기 때문이다. 정직하게 화를 내는 것은 좋은 인상을 준다. 그런데 이 블록 선생은 칭찬이든 꾸지람이든 냉정하게 서서 내뱉는다. 그의 칭찬은 눅진눅진한데, 타인을 조금도 따스하게 만들지 못하는 까닭이다. 그리고 그의 꾸지람에 대해서는 어떻게 해야 좋을지 알 수가 없다. 왜냐하면 그것이 완전히 무미건조한, 무관심한 입에서 나오기 때문이다. 블록 선생때문에 아이들은 학교를 싫어한다. 그는 절대로 제대로 된 교사가 아니다. 마음을 움직일 줄 모르는 교사는…… 그런데 내가 무슨 말을 하고 있지? 부동의 사실은 블록이 나의 프랑스어 선생이라는 점이다. 그건 슬프다. 하지만 사실이다.

노이멜리라고 부르던 노이만, 이 선생을 회상하면서 배꼽을 잡지 않을 사람이 있을까? 노이만은 우리 체육 교사이면서 동시에 글쓰기 교사이기도 하다. 붉은 머리카락에다 우울하고 빈정대는 얼굴이다. 아마 그는 굉장히, 굉장히 불행한 사람이리라. 그는 항상 미친 듯이 화를 낸다. 우리는 그를 손안에 쥐고 있었다. 우리가 그보다 한 수 위다. 그런 유형의 사람에게는 한 치의 존경심도 생기지 않는다. 때로는 그가 너무 화난나머지 건전한 이성을 잃지 않을까 두렵기까지 하다. 그는 자신을 억제하지 못하고 아주 사소한 일에도 감정에 빠져들어 구덩이로, 분노 가운데로 떨어진다. 우리가 그를 화나게 만드는 것은 확실하다. 그런데 왜 그의 붉은 머리카락은 어쩜 그렇게 우스울까? 완전히 공처가 스타일이 아닌가? 내 학교 친구

중에 융에라는 아이가 있는데, 앞으로 요리사가 되겠다고 했다. 그 애는 엉덩이가 엄청나게 컸다. 걔가 앞으로 몸을 구부리면 그 뒷모습은 더 대단해 보였다. 걔가 그러면 모두들 웃는데, 노이만은 그 웃음을 증오한다. 반 전체가 발을 구르며 요란하게 웃어 대면 정말 끔찍하다. 반 전체가 그렇게 웃어 재낄 때 교사는 무슨 방법으로 아이들을 진정시켜야 할까? 권위를 지키려면? 하지만 아무 소용없다. 노이만 같은 사람에게 제대로 된 권위 따위는 조금도 없다. 나는 체육 시간을 사랑하고, 사랑스러운 융에에게 키스하고 싶다. 사람들은 정신없이 웃는 것을 좋아한다. 나는 융에한테 점잖게 행동한다. 그를 무척이나 좋아하기 때문이다. 나는 그와 자주 산책을 다니고, 다가오는 진지한 삶에 관해 대화를 나눈다.

비스 교장은 군인 같은 태도를 지닌, 나무처럼 큰 사람이다. 우리는 그를 두려워하고 존경한다. 이 두 가지 단단한 감정은 별로 재미가 없다. 나는 중학교 때의 교장 선생님들을 이 비스 교장 선생님의 모습으로 기억한다. 덧붙이자면 그는 굉장히 매질을 잘했다. 그는 아이를 무릎 위에 앉히고 무섭도록 때리는데, 전혀 야만적이지 않게 때린다. 그의 매질에는 올바른 어떤 원칙 같은 것이 들어 있다. 그래서 매를 맞으면서도 정당하다고 생각하고, 그것이 이성적이고 올바르다고 수긍한다. 그렇기 때문에 끔찍한 일이 일어나는 법이 없다. 그토록 대가답게 매질을 할 수 있는 사람은 상당히 인간적일 수밖에 없다. 나 역시 그렇게 생각한다.

내가 보기에 아주 독특한 인물이자 특이한 유형의 교사

는 지리 교사 야콥 씨이다. 그는 은둔자나 명상하는 노시인 같다. 나이는 일흔이 넘었지만 눈만큼은 크고 빛난다. 아주 기품 있고 멋진 노인이다. 수염이 가슴까지 내려온다. 그의 가슴이 경험하고 갈등하지 않은 것이 있을까? 학생인 나는 그런 것을 머리로라도 함께 경험하기 위해 부지중에 노력했다. 이분이 고귀한 지리 지식을 얼마나 많은 학생들의 가슴에 심어 주었는지 생각해 보면 놀랍다. 이제 성인이 된 많은 학생들, 그들 중 많은 사람이 이미 생의 한가운데에서 그에게 배운 지식을 유용하게 활용하고 있을 것이다. 우리는 그를 코비라고도 불렀다. 그리고 이 노교사가 바싹 붙어 있는 벽에는 항상 지도가 걸려 있어서, 그 커다란 지도 없이 그를 상상한다는 것은 불가능한 일이다. 갈기갈기 나뉜 여러 색깔과 온갖 형태의 유럽, 넓고 큰 러시아, 드넓게 펼쳐진 아시아, 예쁜 꼬리가 달린 새 같은 일본, 바다 한가운데로 던져진 호주, 인도, 이집트, 탐험된 적 없는 미지의 곳으로 마음을 강하게 끌어당기는 아프리카, 북아메리카와 남아메리카 그리고 수수께끼의 두 극지방이 보였다. 그렇다, 고백컨대 나는 지리 시간을 열정적으로 사랑했고 따라서 조금도 힘들이지 않고 공부를 했다. 나의 이해력은 선장 수준일 정도라서 수월하게 공부했다. 늙은 야콥 선생님은 학교 교육과 경험에서 나온 기상천외한 이야기들을 가끔 들려주어 얼마나 재미있게 수업 시간을 이끌어 갔는지 모른다. 늙고 커다란 눈을 의미심장하게 이리저리 굴리면서 지구의 모든 육지와 모든 바다를 자신의 시각으로 파악하고 있었다. 우리 학생들은 다른 어떤 수업 시간에도 이처럼 공감하며 환상에 빠져든 적이 없다. 그 시간에 우리는 언제나 무엇인가를 경험했고, 귀를 기울이며 조용했다. 나이가 많고 경험도 많은 교사는 우리에게 여러 이야기를 들려주었고, 저절로 주의를 기울이게 만들었다. 고맙게도 당시 중학교에는 젊은 교사가 없었다. 그건 참기 어려웠을 것이다. 자기 자신의 삶도 제대로 바라보지 못하는 젊은 교사가 학생들에게 무엇을 알려 주고 격려해 줄 수 있단 말인가? 그런 사람은 단지 차갑고 표면적인 지식만을 전달해 줄 터다. 아니, 혹시 아주 유별나게 예외적인 인물이라면 그의 존재만으로도 학생들을 매혹시켰을지 모르겠다. 교사라는 직업, 그거 원래 힘든 거야. 맙소사, 우리 학생들은 으레 그렇게 생각했다. 하지만 우리는 얼마나 끔찍했던가. 때로 우리는 늙은 야콥 선생까지 놀렸다. 그러면 그는 무섭게 화를 냈는데, 이 노교사가 화를 내는 것보다 더 품위 있는 모습을 나는 보지 못했다. 그는 부서질 것 같은 온몸을 무섭게 떨었고, 우리는 그를 화나게 만든 데 대해 차후에 스스로 부끄러워했다.

우리 미술 교사의 이름은 란츠다. 원래는 무용 선생으로, 이쪽저쪽으로 멋지게 점프하는 기술을 가지고 있다. 그런데 왜 우리는 무용 수업을 받지 못했지? 그것은 우리가 우아함 이라든가 아름다운 동작의 움직임 같은 것에 전혀 관심이 없기 때문이다. 우리는 막돼먹은 놈들이고 조금도 개선의 여지가 없다. 란츠 선생 이야기로 돌아오면 그는 교사들 중에서 가장 젊고 가장 자신감 넘쳤다. 그는 우리가 자신을 존경한다고 생각했다. 그런 생각에 빠지는 거야 자유다. 그는 유머가 아예 없는 사람이다. 그는 교사가 아니고 조련사다. 서커스단에서 일할 사람이다. 때리는 행위가 그에게는 정신적인 즐거움을 주는 것 같다. 그것은 야만적인 일이다. 우리가 그를 야유하고 경멸하는 이유도 거기에 있다. 늙은 호에젤만 선생, 우리가 휴젤러라고 부르는 그의 전임자는 추잡한 인간이었다. 결국 그는 어느 날 갑자기 수업을 내주게 되었다. 그 휴젤러는 아주 별난 짓을 했다. 나 또한 내 뺨 위로 스치는 늙고 앙상하고 기분 나쁜 그의 손을 참아야 했다. 그는 그 손으로 수업 시간에 우리 어린 학생들을 쓰다듬고 어루만졌다. 그는 차마 말로 표현할 수 없는 사람으로 밝혀져 마침내 면직되고 말았다. 그래서 란츠에게 배우게 된 것이다. 전임자는 끔찍했지만, 후임자는 자만심에 차 있고 거칠었다. 교사가 아니었다. 교사는 그렇게 자기 자신에 빠져서는 안 된다.

우리 학생들 중에서 가장 재미있고 대담한 아이는 프리츠 코허다. 그 애, 코허는 대개 산수 시간에 의자에서 일어나 집게손가락을 바보 같이 위로 들고 산수 선생 부르 씨에게 교실에서 나가게 해 달라고 한다. 설사가 난다는 것이다. 그러면 부르 선생은 프리츠 코허의 설사가 무슨 뜻인지 안다면서 그에게 조용히 앉아 있으라고 주의를 준다. 이 말에 우리는 요란하게 웃는다. 오, 놀랍다! 선생님은 서서 그냥 웃고 있다. 순간적으로 우리는 이 묘한 사람에 대한 존경과 사랑에 휩싸인다. 곧 우리는 웃음을 그치고 조용해진다. 부르 선생님은 우리의 관심을 다시 진지한 일로 되돌릴 줄 안다. 교사로서의 그의 위엄은 어딘지 마술적인 힘을 가지고 있다. 나는 그 이유가 부르 선생이 유독 건실하고 강한 성품을 지녔기 때문이라고 생각한다. 우리는 집중해서 그의 말에 귀를 기울이는데, 그 말이 거의 신비스러울 정도로 지혜롭다고 생각한 까닭이다. 그는 결코 화를 내는 법이 없고, 반대로 항상 생기 넘치고 즐겁고 명랑했다. 그래서 우리들 역시 즐거운 감정을 가질 수 있었다. 이분은 가르치는 일을 즐기는 것 같았다. 그것이 우리에게도 기쁨을 주었다. 그가 우리를 못살게 굴거나 괴롭히는 사람이 아니라는 점, 우리를 훌륭하게 이끌어 준 데에 대해 감사해야 한다고 생각한다. 그러면서도 그는 얼마나 재미있었는지 모른다. 가끔 우리는 그가 사랑을 담아 우리를 위해서 간단하고 악의 없는 농담까지 할 정도로 조금씩 달라지고 있음을 느꼈다. 우리는 그를 거의 대가로 생각했고, 더불어 그가 우리를 존중해 주는 것을 느꼈다. 그를 어떻게 생각하든 그에게서 어떻게 배웠든, 그는 대단한 인물이다. 그는 형태 없고 무의미한 것에도 형태, 의미, 내용을 부여할 줄 알았는데, 그것은 참다운 기쁨이었다. 다른 교사들 같으면 프리츠 코허를 벌주고 혼냈을 것이다. 그러나 코허의 발상이 보여 주는 믿을 수 없는 뻔뻔함을 그는 재미있어 했다. 그렇게 훌륭하고 경험 있는 사람이 그렇게 못된 무뢰한과 교감할 수 있다는 것이 내게는 대단한 일로 보인다. 부르 선생에게는 고귀하고 위대한 영혼이 깃들어 있음이 틀림없다. 그는 선함과 쾌활함을 가지고 있다. 그리고 굉장히 활기찼다. 그는 단기간에 우리 모두가 완벽하게 계산을 할 수 있도록 지도했다. 그러면서도 우리들 중에서 둔한 아이들까지 소중하게 다루었다. 이런 부르 선생을 화나게 할 만한 것이 우리로서는 전혀 생각나지 않는다. 그의 태도는 그런 어떤 것을 생각할 수조차 없게 한다.

폰 베르겐 씨는 과거 우리의 체육 선생이었는데, 지금은 보험 회사 직원이다. 부디 그의 사업이 잘되기를 바란다. 다행히도 그는 자신이 교육자로서 적당치 않다는 사실을 스스로 알아차렸다. 정말로 고귀한 결정이었다. 멋진 바지와 딱 맞는 재킷이 학생에게 무슨 소용이 있겠는가? 그는 나쁜 사람이 아니었다. 단지 '사실'을 자백받기를 지나치게 좋아했다. 정육점 주인 아들은 베르겐 씨에게 항상 잘 다듬어진 무서운 회초리로 맞으면서 사소한 작은 사실을 고백해야만 했다. 그때 내가 얼마나 화가 났는지 아직도 생생하게 기억한다. 당시 나는 잘 차려입고 향수를 뿌린 그 학대자의 목을 자르고 싶을 정도였다.

보고 싶은 교사들의 초상이 있는 이 전시실을 나는 메르츠 박사로 끝내고자 한다. 메르츠는 모든 선생들 가운데서 가장 학식 있는 사람으로, 책도 여러 권 썼다. 하지만 상황이 그렇다고 해서 학생들이 종종 그를 놀리는 일을 그만둔 건 아니었다. 그는 역사 교사이자 독일어 교사다. 그는 고전적인 모든 것을 과도하게 높이 평가한다. 때때로 행동 역시 고전적이다. 평상시에도 마치 말을 타고 전장에 나가는 사람처럼 부츠를 신고 있다. 그리고 실제로 독일어 수업 시간엔 정말로 전쟁을 일으킨다. 그는 키가 작고 체격이 초라한데, 거기다 커다란 부츠를 신으니 웃지 않을 수 없다. "융에 앉아라, 네 점수는 '가'다." 융에는 자리에 앉는다. 그러면 메르츠 선생은 그 가혹하고 보잘것없는 '가'라는 성적을 그대로 수첩에 적는다. 한번은 그가 학급 학생 모두에게 똑같이 '가'를 주면서 소리쳤다. "너희들은 말을 안 들어 먹어. 이 불량배 놈들아. 감히 나한테 대드는 거야? 모저, 네가 주동자이지? 그러냐, 안 그러냐?" 우리들 사이에서 거의 우상인 대담한 소년 모저가 자리에서 일어나 천둥치듯 크고, 말로 표현할 수 없을 만큼 우스운 목소리로 누가 주동자인지 밝힐 수 없다고 대답한다. 우리는 우스워서 죽을 맛이다. 그의 멋진 목소리에 우리는 다시 정신을 차리고 두 번째로 죽을 만큼 웃어 댄다. 메르츠 선생은 그의 고전적인 이성을 완전히 잃은 것 같다. 마치 정신 나간 사람처럼 행동한다. 박식한 머리를 벽에다 마구 부딪고 손을 휘두르면서 소리친다. "너희들은 나를 독살하려는 거지! 내 점심밥을 망쳐 났잖아. 너희들 때문에 나는 돌고 말거야. 불한당이야, 너횐 불한당이야! 너희가 내 목숨을 노린 걸 어서 자백해." 그러면서 그는 바닥에다 회초리를 내던졌다. 아, 얼마나 무시무시했던가! 그러나 그것은 충분히 있을 수 있는 일이었다. 왜냐하면 우리가 그의 점심에 소금을 뿌려 엉망으로 만든 탓이다. 그에게 가장 교묘한 자극을 준 것이다. 고대 그리스에 관해 이야기할 때면 그의 눈은 안경 유리 너머에서 반짝인다. 그런 사람한테 이렇듯 분노의 발작을 일으키게 한 것은 큰 죄를 저지른 것이다. 그에게는 아름다운 것과 우스운 것, 고귀한 것과 어리석은 것, 탁월한 것과 형편없는 것이 하나가 되어 있다. '가'라는 점수에 놀라 자빠지지 않도록 우리가 무엇을 할 수 있단 말인가? 우리 중 한 명이 루드비히 울란트의 『에덴할의 행복』[25]을 낭송할 때 우리는 신성한 두려움에 죽어야만 하는가? "앉아라, 너는 '가'다." 독일어 시간은 늘 이런 식이다. 그것이 그 후 나의 삶에 어떤 영향을 줄까? 나는 그것을 스스로에게 묻는다.

---

25 *Das Glück von Edenhall*: 빌란트가 1834년에 쓴 발라드. 작품의 내용은 매일 밤 요정들이 어느 성에서 즐겁게 잔치를 벌이다가 인간들에게 들킨다. 그러자 요정들은 그곳을 떠나면서 잔 하나를 남기고는 이렇게 말하였다. "이 잔이 넘어지거나 깨진다면 행운은 끝이다." 에덴할은 요정들이 있던 성의 이름. 혹은 그들이 남겼다는 유리잔을 말한다. 슈만이 만든 성악곡으로 유명하다.

죽음에 관한 두 개의 이상한 이야기

하녀

어느 부유한 부인이 하녀에게 딸을 돌보는 일을 맡겼다. 아이는 달빛처럼 연약하고, 방금 내린 눈처럼 순수하고, 태양처럼 사랑스러웠다. 하녀는 아이를 달처럼, 태양처럼, 사랑하는 하느님처럼 사랑했다. 그런데 무슨 일인지 알 수 없지만 어느 날 아이가 없어졌다. 하녀는 아이를 찾아 온 세상을 돌아다녔다. 마을마다, 나라마다 찾아다녔는데 페르시아까지 가 보았다. 어느 날 밤에 하녀는 거기 페르시아의 넓고 어두운 강가에 있는 컴컴하고 높은 탑에까지 올라가게 되었다. 탑 위에는 붉은빛이 타오르고 있었다. 성실한 하녀가 불에게 물어보았다. 내 아기가 어디에 있는지 말해 줄 수 있니? 아이가 사라져서 나는 십 년째 찾아다니고 있어. 그러자 불이 "아직 십 년을 더 찾아다녀야 해요."라고 말하더니 꺼져 버렸다. 그래서 하녀는 다시 십 년 동안 아이를 찾아 세상의 방방곡곡을 돌아다녔고 프랑스까지 갔다. 프랑스에는 파리라는 크고 화려한 도

시가 있는데, 하녀는 거기까지 갔다. 거기서도 아이를 찾지 못하자 그녀는 어느 날 저녁 아름다운 정원 앞에서 울었고 눈물을 닦으려고 빨간 손수건을 꺼냈다. 그러자 정원이 갑자기 열리고 아이가 밖으로 나왔다. 하녀는 아이를 보았고, 너무 기쁜 나머지 죽고 말았다. 그녀는 왜 죽었을까? 그렇게 되면 아무 소용도 없는 것 아닌가? 하지만 하녀는 벌써 너무 늙어서 더 이상 그런 일을 견뎌 낼 수 없었다. 아이는 이제 다 자란 아름다운 숙녀가 되었다. 만약에 그녀를 만나게 되거든 내 인사를 전해 주라.

호박 머리 남자

옛날에 어떤 남자가 있었는데 머리 대신 어깨 위에 텅 빈 호박을 얹고 있었다. 그렇게는 계속 살 수가 없었다. 그런데도 그는 일등이 되고자 했다. 그런 인간이었다. 혀 대신 입에는 떡갈나무 잎이 달려 있고, 치아는 칼로 조각해 놓은 것이었다. 눈 대신에 커다란 두 개의 구멍만 있었다. 구멍 뒤에서 두 개의 토막 초가 반짝였다. 그것이 눈이었다. 그렇기 때문에 그는 멀리 볼 수가 없었다. 그런데도 그는 자기 눈이 최고로 좋다고 말했다. 뻥쟁이 같으니! 그는 머리에 높은 모자를 쓰고 있었다. 누군가가 그에게 말을 걸면 그는 모자를 벗었다. 그는 굉장히 예의가 바른 사람이었다. 어느 날 그가 산책을 나갔다. 그런데 바람이 너무 세게 불어서 눈의 불이 꺼져 버렸다. 다시 불을 붙이려 했지만 그에게는 성냥이 없었다. 토막 초의 불이 꺼져 집으로 가는 길을 찾을 수가 없어서 그는 울었다. 거기에 앉아 호박 머리를 양손으로 감싼 채 그는 죽으려 했다. 하지만 죽음은 그렇게 쉽게 오지 않았다. 풍뎅이가 와서 그의 입에 붙은 떡갈나무 잎을 뜯어 먹었다. 그보다 앞서 새가 오더니 호박 머리통에 구멍을 냈다. 또 그 이전에는 아이가 와서 그의 토막초 두 개를 가져가 버렸다. 그래서 그는 죽을 수 없었다. 아직도 풍뎅이는 잎을 뜯어 먹고, 새는 그의 머리를 쪼아 먹고, 아이는 초를 가지고 장난을 하고 있다.

작가

작가는 대개 옷을 두 벌 가지고 있다. 하나는 외출하고 어딘가를 방문할 때 입는 옷이고, 다른 옷은 일할 때 입는 옷이다. 그는 보통 사람으로, 책상 앞에 앉으면 겸손해진다. 그는 인생의 즐거움을 포기하고, 필요한 외출을 마치고 집으로 돌아오면 좋은 옷을 얼른 벗어 바지와 상의를 당연스럽게 깔끔히 정리해서 옷장에 걸고, 작업복과 실내화로 바꾼다. 그리고 주방으로 가서 차를 준비하고, 평상시의 일을 시작한다. 일하는 동안 그는 항상 차를 마시는데, 그것은 그를 편안하게 만들어 주고 건강을 유지하게 해 주고, 그의 생각에 의하면 모든 세상의 다른 즐거움을 보상해 준다. 그는 미혼인데, 왜냐하면 필요한 모든 용기를 자신에게 주어진 예술가의 의무에 다 써야 하는 까닭에, 사랑에 빠질 용기가 남아 있지 않았기 때문이다. 알려진 바대로 예술가의 의무는 성실하게 수행하기가 매우 힘들어 보인다. 쉴 때 여자 친구가 도와주거나 일할 때 보이지 않는 수호신이 도와주는 것을 제외하면, 통상적으로 그는 집안일을 혼자서 한다. 내면의 신념에 따르면 그의 삶은 특별히 즐겁지도 아주 슬프지도 않고, 가볍지도 무겁지도 않고, 단조롭지도 변화무쌍하지도 않고, 지속적인 여흥도 아니고, 그렇다고 여흥이 중단된 것도 아니고, 고통스러운 비명도 계속되는 환한 미소도 아니다. 그는 창조한다. 그것이 그의 삶이다. 그는 한 가지에 매진할 뿐 다른 것 모두는 건성으로 넘어가려고 하는데, 그러는 가운데 창작이 지속된다. 일하다가 새 담배를 집으려고, 차 한 잔 마시려고, 고양이한테 한마디 던지려고, 누군가에게 문을 열어 주기 위해서, 달려가 창밖을 내다보기 위해서 그가 잠깐 일어난다면, 그것은 본질적인 중단이 아니라 어느 정도는 잠깐의 휴식 혹은 숨 돌리기이다. 가끔 그는 방 안에서 체조도 하고 곡예도 한다. 노래 연습을 하고 큰 소리로 낭독도 한다. 이런 하찮은 일을 하는 것은 글을 쓰면서 완전히 바보가 될까 봐 좀 걱정이 돼서 그러는 것이다. 그는 정확한 사람이다. 직업이 그렇게 하도록 그에게 명하는데, 태만하고 무질서하면 하루 종일 책상 앞에서 무엇을 할 수 있겠는가? 삶을 문자로 그려 내려는 소원과 열정은 문자의 세밀함과 마음의 섬세함과 꼼꼼한 마음에서만 나온다. 세상의 수많은 아름다운 것, 스쳐 가는 것, 덧없는 것들을 공책에다 붙잡아 두지 못하면 후딱 날아가 버리는 꼴을 봐야만 하는, 그 고통을 감수하는 마음이다. 정말이지 걱정은 끝이 없다. 손에 펜을 든 사람은 이른바 어스름 속의 인물로, 그의 행동이 영웅적이지도 고결하지도 못한 것은 세상과 직접 대면하지 못하기 때문이다. 사람들이 이유 없이 '문필가'라고 부르는 것은 아니다. 그건 평범한 것에 대한 평범한 표현에 불과하지만, 소방대원도 특수한 상황에서만 영웅이고 생명의 구원자라는 점을 도외시한다면, 소방대원 역시 평범할 뿐이다. 때로 어린아이나 혹은 목숨이 위태로운 어떤 사람을 어느 용감한 사람이 흐르는 강물에서 구하듯이, 예술이나 작가의 희생적인 노력에서도 종종 그런 일이 일어난다. 작가는 무작정 정신없이, 익사해서 파멸할 수도 있는데도, 소설이나 노벨레를 쓰느라고 열 시간에서 열세 시간 동안 책상 앞에서 버틴다. 건강이 나쁜데도 불구하고, 건강의 위험을 무릅쓰면서, 흐르는 삶의 강물에서 아름다움의 가치를 건져 낸다. 그러므로 작가는 용감하고 대담한 사람이라고 할 수 있다. 언제나 빛이 나고 원활하게 돌아가는 사회에서, 그는 소심한 나머지 뻣뻣하게, 온순한 나머지 조야하게, 우아함의 부족으로 서투르게 행동한다. 하지만 그를 대화로 끌어들이거나 정말 재미있는 일로 끌어오기만 하면, 우리는 그가 서투른 성격을 벗어던지는 것을 볼 수 있다. 그의 혀는 여느 사람의 혀처럼 이야기를 하고, 그의 두 손은 극히 자유롭게 움직이며, 그의 눈은 다른 어떤 정치인, 기업가, 해병의 눈과 마찬가지로 불꽃처럼 반짝일 것이다. 그는 사교적이지만 일정한 사람한테만 그렇다. 일 년 내내 그는 새로운 것을 경험하지 못할 수도 있다. 항상 문장이나 언어에만, 작품의 완성에만 몰두하는 까닭이다. 하지만 작가에겐 그 대신 판타지가 있지 않은가? 요즘은 작가를 전혀 인정하지 않나? 그는 특이한 생각으로 대충 스무 명의 사람들을 미친 듯이 웃게 만들 수 있고, 아주 쉽게 사람들을 놀라게 하고, 자신이 쓴 시를 그냥 낭독하는 것만으로도 사람들을 울게 할 수도 있다. 그러다가 그의 책이 시장에 나오게 되면 어떤가! 그는 옥탑방에 조용히 앉아서 온 세상이 달려가리라고, 멋지게 제본하고 종종 갈색 가죽에 인쇄한 자신의 책으로 몰려들 것이라고 상상한다. 표지에는 그의 이름이 박혀 있는데, 소박한 그의 생각에 의하면 그것이 이 둥글고 넓은 세상 곳곳에 자신을 알릴 것이라고 상상한다. 하지만 환멸이, 신문에는 질책이, 죽음으로 모는 야유가, 묘지로 이끄는 침묵이 이어진다. 우리의 주인공은 그것을 꿋꿋이 인내한다. 그는 집으로 돌아와 원고지를 전부 없애고, 책상을 날아갈 정도로 무섭게 가격하고, 쓰다 만 소설을 찢어 버리고, 집필 재료를 갈기갈기 찢어발기고, 열린 창밖으로 여벌의 펜을 내던지고, 출판사에다 "선생님, 부탁컨대 이제 나를 믿지 마십시오."라고 쓰고 방랑의 길을 떠난다. 하지만 그는 자신의 분노와 수치심을 얼마 후에는 우스꽝스러운 것이라 생각하며, 새로 일을 시작하는 것이 의무이자 책무라고 스스로에게 타이른다. 어떤 사람은 이렇고, 다른 사람은 명암이 좀 다를 수도 있다. 하지만 천부적인 작가는 결코 용기를 잃지 않는다. 그는 세상에 대해서, 새로운 아침이 매일 그에게 제공하는 수천 가지의 새로운 가능성에 대해서, 거의 끝없는 신뢰를 가지고 있다. 그는 갖가지 절망을 알고 있지만, 또한 갖가지 행복감도 알고 있다. 특이한 점은 실패보다는 성공이 그로 하여금 스스로를 더 불신하게 만든다는 것이다. 아마 그것은 단지 그의 사고 기계가 계속 움직이고 있기 때문일 것이다. 가끔 작가가 돈을 벌고, 많이 번 돈을 즐기기도 하지만, 그런 경우에 질투와 조소의 독화살을 가능한 한 피하기 위해서 의도적으로 겸손하게 처신한다. 그건 아주 자연스러운 태도다. 하지만 그가 가난하고 무시받으며 근근이 산다면, 눅눅하고 추운 방에서, 탁자 위와 접시 위로 벌레들이 기어 다니는 곳에서, 밀짚 침대에서, 온 집구석에 황량한 소음과 비명이 가득한 집에서, 완전히 혼자 외롭게 길을 다니고, 떨어지는 비를 맞아 축축하게 젖어 있고, 그가 어리석은 모습을 보였는지 똑똑한 사람 어느 누구도 그에게 허락하지 않는 생활비를 구하면서, 대도시를 달구는 태양의 열기 아래로, 형편없는 방이 즐비한 숙박소에서, 소란스러운 동네에서 혹은 이름은 꽤 멋있지만 친절하지도 편안하지도 않은 수용소에서 살아야 한다면 어떨까? 그는 이런 불행을 피할 수 있는가? 하지만 작가는 위험을 견뎌 낼 수 있다. 그리고 그가 어떻게 그것을 견뎌 내는가 하는 건 모든 악조건에 적응하는 그의 천재성에 달려 있다. 작가는 세상을 사랑하는데, 왜냐하면 세상을 더 이상 사랑할 수 없다면, 이미 세상의 후손이 아니라고 느끼는 까닭이다. 이 경우에 그 역시 대개 보통의 작가일 뿐인데, 그는 그것을 명확하게 느끼고, 그래서 삶에게 불쾌한 얼굴을 보이지 않으려고 한다. 그 결과 사람들은 종종 그를 무비판적인, 우매한 몽상가로 본다. 조롱이나 증오의 감정이 창작 의욕을 빼앗아 가기 때문에 작가가 그런 감정을 받아들일 수 없는 한 인간이라는 사실을 사람들은 생각하지 못한다.

1878	로베르트 오토 발저는 스위스 베른 주에 위치한 빌(Biel, 프랑스어 표기로는 Bienne)에서 제본업자이자 상인으로 활동했던 아버지 아돌프 발저와 어머니 엘리자 마르티의 여덟 아이 중 일곱째로 태어났다. 그의 고향은 독일어와 프랑스어를 모두 사용하는 지역이었다.
1884~1892	발저는 빌에 있는 초등학교와 예비 김나지움에 다녔다. 가정 형편상 일찍이 학업을 중단했다. 연극을 좋아했고 특히 실러의 희곡 「도적 떼(Die Räuber)」를 좋아했다. 살림살이는 날로 악화되었고 어머니는 정신 쇠약 증세를 보인다.
1892~1895	베른 주립 은행 빌 지점에서 수습사원으로 일했다. 1894년 10월 22일 어머니가 별세했다. 아마추어 극단에서 활동했다.

1895	4월에서 8월까지 바젤에 체류, 9월에 형 카를과 함께 슈투트가르트로 갔다. 코타 출판사에서 일하면서 배우가 되고자 했으나 좌절되었다.
1896	10월 초에 걸어서 스위스로 돌아왔다. 취리히의 보험 회사에서 수습 부기 계원으로 일했다. 이후 여러 직장을 전전하면서 글쓰기를 계속했다.
1897	취리히에서 여러 차례 이사를 했다. 사회주의에 열광했고, 시를 썼다. 11월에 베를린을 여행했다.
1898	처음으로 시 몇 편을 베른의 한 신문에 발표했고, 오스트리아의 저명한 비평가 프란츠 블라이를 알게 되었다.
1899	1월부터 가을까지 툰에 체류, 여름에 잠시 뮌헨 방문, 짧은 희곡 몇 편을 썼다. 7월, 한 신문에 단편 「그라이펜 호수(Der Greifensee)」, 이어서 시를 발표했다.
1900	졸로투른, 빌, 취리히를 거쳐 11월부터 뮌헨에 체류했다.
1901	취리히, 뮌헨, 베를린, 뮌헨, 취리히 순으로 거처를 계속 옮겼다.
1902	『프리츠 코어의 작문(Fritz Kochers Aufsätze)』, 「점원(Der Commis)」, 「어떤 화가(Ein Maler)」를 발표했다.
1903	취리히 호 부근 베덴스빌에서 어느 기술자

의 조수로 근무했고, 이 경험을 기반으로 소설『조수(Der Gehülfe)』를 발표했다.

1904 수차례 거처를 옮겼고 주립 은행에서 근무했다. 12월에 인젤 출판사에서『프리츠 코어의 작문』을 출간했다.

1905 3월에 베를린으로 가서 화가로 활동하는 형 카를 발저의 집에 머물면서 그곳의 집사 양성 학교에 다녔다. 10월에서 12월까지, 오버슐레지엔의 담브라우에서 집사로 일했다. 몇 편의 글을 발표했다.

1906 베를린에서『타너 집안의 남매(Geschwister Tanner)』를 집필했다.

1907 형에게서 독립한 뒤 미술상이며 사업가인 파울 카지러의 비서로 일한다. 그와 동시에 베를린의 많은 예술가, 작가들과 친분을 쌓았다.『타너 집안의 남매』가 출간됐고, 신문과 잡지에 많은 글을 발표했다.

1908 『조수』를 출간, 베를린에서 겪은 집사 학교 경험을 바탕으로 국내엔『벤야멘타 하인학교』로 소개된『야콥 폰 군텐(Jakob von Gunten)』을 출간했다.

1909 장편을 집필하려다가 중단했다.

1912 로볼트 출판사에서『단편집(Geschichte)』과 『에세이(Aufsätze)』를 출간, 로베르트 무질, 쿠르트 투홀스키, 헤르만 헤세, 프란츠 카프카 등 많은 작가들로부터 호평을 받았다.

누이 리자의 집에 잠시 체류했고, 그때 프리다 메르메트라는 여성을 알게 되었다.

1914   고향 빌로 돌아옴, 부친 사망, 1차 세계대전 발발로 수차례 군대에 소집되었다. 「작은 문학(Kleine Dichtungen)」으로 한 여성 단체로부터 상을 받았고, 잡지 등의 지면에 활발히 작품을 발표했다. 도보 여행을 자주 했고, 종종 밤에도 장거리 도보 여행을 한 것으로 알려져 있다.

1915   빌에 체류하며 베를린으로 형을 만나러 갔다. 두 차례에 걸쳐 국경 수비대에서 복무했다.

1916   빌 체류, 형 에른스트 발저가 베른 근처 발다우의 정신 요양원에서 사망했다. 「산책(Der Spaziergang)」을 집필, 활발하게 활동했다.

1917   가을에 군 복무, 「작은 산문(Kleine Prosa)」, 「시인의 삶(Poetenleben)」을 출간, 스위스의 여러 신문에 단편을 발표했다.

1918   연초에 사 주간 군 복무, 『제란트(Seeland)』를 탈고, 「토볼트(Tobold)」를 집필했다.

1919   베른의 지리학 교수인 형 헤르만 발저 자살. 『시집(Gedichte)』이 재출간되었다. 여러 편의 단편을 썼고 발표된 것도 많았지만 생활은 곤궁했다.

1920   계속 빌에 체류, 『제란트』를 출간, 경제적

어려움에 시달렸다.

1921	베른으로 이주, 국립 기록 보관처에서 부사서로 몇 주 동안 일했다. 형 헤르만으로부터 약간의 상속을 받음, 소설 「테오도르(Theodor)」 집필, 다량의 단편을 발표했다.
1922	취리히의 독서 클럽에서 「테오도르」를 낭독했다.
1923	좌골 신경통으로 입원, 가을에 제네바로 도보 여행, 별로 작품을 발표하지 않았다.
1924	베른에서 세 차례 이사, 작가 연합에서 탈퇴, 『장미(Die Rose)』가 로볼트 출판사에서 출간됐다. 다시 많은 에세이와 시를 썼다.
1925	베른에서 네 차례 이사, 「펠릭스(Felix)」, 「도둑(Räuber)」 등이 미완성으로 남았다. 『작은 글 모음(Mikrogramme)』이라는 제목으로 불리는, 알아보기 힘들 정도로 연필로 빽빽하게 쓴 글들이 이후에 발견되었다. 수많은 시, 산문, 작품 계획, 풍경 묘사 등이 미완으로 남아 있다.
1926	다시 네 차례 이사, 11월에 취리히 방송국을 통해 에세이와 시가 소개됨, 「일기(Tagebuch)」를 위시한 많은 글들이 미완으로 중단됐다.
1927	산문집과 시집 출간을 계획했으나 좌절됐다.
1928	쉰 번째 생일, 작품들은 미완 상태로 출간되지 못했다.

1929	1월 하순에 정신적 위기, 정신 분열증으로 발다우의 병원에 입원, 창작을 재기했으나 출간되지는 못했다.
1930	발다우 정신 병원에서 생활했다.
1931	상태가 호전되어 베른으로 종종 외출, 다시 글을 쓰기 시작했고 발표도 했다.
1932	작품의 발표 횟수가 감소했다.
1933	취리히의 한 출판사에서 『타너 집안의 남매』를 재출간했다. 병원 측은 경증의 환자에게 퇴원이나 가정집 요양을 권했으나 발저에겐 갈 곳이 없었다. 6월 19일, 그는 헤리자우의 아펜첼아우서로덴 주립 병원으로 이송되었다. 창작 활동이 완전히 중단되었다.
1934~1956	헤리자우의 정신 요양원에 입원한 뒤 발저는 정신 질환의 징후를 보이지 않았지만 퇴원하지 않았다. 이십 년 이상 정신 요양원에 머물렀다. 1936년 7월 작가이자 저널리스트인 카를 젤리히(Carl Sellig, 1894~1962)가 방문, 이후 그는 발저의 작품 발행인이자 후견인이 되었다. 젤리히는 후에 『로베르트 발저와의 소풍(Wanderungen mit Robert Walser)』이라는 저술을 남겼다. 1943년 9월 28일 형 카를 발저 사망. 1956년 12월 25일 혼자 산책을 하던 78세의 로베르트 발저는 심장 마비로 헤리자우 근방의 눈길 위에 쓰러져 사망한 상태로 발견되었다.

로베르트 발저, 수수께끼 같은 작가

　제한적이지만 열광적인 독자층을 확보하고 있는 로베르트 발저(1878~1956)는 기이한 노벨레의 작가 하인리히 폰 클라이스트와 초현실적 사실주의 작가 프란츠 카프카의 중간쯤에 위치하는 신비스러운 존재로 알려져 있다. 일찍이 그는 헤르만 헤세, 쿠르트 투홀스키, 로베르트 무질, 프란츠 카프카, 발터 벤야민 등으로부터 높은 평가를 받았지만, 당대의 대중에게는 그리 알려지지 않은 인물이었다. 오늘날엔 어느 누구보다도 선구적인, 20세기 초반을 대표하는 작가로 인정받고 있지만 말이다.

　로베르트 발저는 스위스 태생의 작가로, 독일어권과 프랑스어권의 경계에 위치한 빌이라는 작은 도시에서 태어났다. 빌은 2010년도 기준으로 인구가 채 1만 5000명도 안 되는 작은 도시인데, 한때 시계 산업으로 유명했지만 현재는 관광지로 더 많이 알려져 있다. 로베르트 발저는 1878년에 출생했으니 헤르만 헤세보다 한 살이 어리고, '(문학적) 쌍둥이 형제'로 불리는 프란츠 카프카보다는 다섯 살 연상이다. 일찍이 발저는 이들뿐 아니라 여러 작가들에게서 높은 평가를 받았다. 그의 작품은 규모가 작은 편인데, 이 말은 그가 남긴 작품의 수가 적은 것 외에도 그의 문학 세계가 '소규모'였다는 점을 의미한다. 이런 사실은 살아생전에 발저가 베를린, 슈투트가르트, 뮌헨을 잠깐씩 방문했던 것 말고는 평생 동안 스위스의 작은 도시에 머물면서 가난한 외톨이로 살았던 점과 무관하지 않다. 그의 세계는 산과 호수가 있는 스위스의 작은 마을이 전부였다.

가정 사정으로 열네 살에 학업을 중단할 수밖에 없었던 발저는 한평생 마땅한 거처를 마련하기 어려울 정도로 가난했고, 정신 요양원에 체류하며 보낸 마지막 이십여 년 동안엔 창작 활동마저 완전히 중단했다. 그의 생애에 사랑이 등장하지 않았던 점도 특이한데, 「산책」의 마지막 부분에 어떤 여성을 향한 그리움이 희미하게 언급되고 있을 따름이다. 또 그는 1차 세계대전 중에 수차례 징집되어 훈련을 받았지만 군대에 관한 이야기도 달리 남기지 않았다. 발저는 오로지 자기 자신에게만 파묻혀 지냈던 것 같다.

발저의 작품은 세 편의 장편을 제외하면, 신문이나 잡지 등에 이따금 발표했던 단편, 에세이, 미완성 원고들이 대부분이다. 그 내용을 살펴보면 대도시에서 잠시 일했던 에피소드를 제외하고 거의 소도시에 사는 가난한 작가의 생활, 긴 산책 중에 보고 느낀 여러 가지 일들이다. 발저는 슈투트가르트에서 고향 빌까지 걸어서 돌아왔고, 베른에서 취리히로도 걸어간 것으로 알려져 있다. 산책이야말로 그의 문학의 중심이다. 발저는 1956년 크리스마스에 요양원 근처의 숲을 산책하다가 눈 속에 쓰러져 세상을 떠났다. 이런 그의 죽음은 이미 자

헤리자우 부근을 산책하는 만년의 로베르트 발저

신의 작품 『타너 집안의 남매』와 「산책」에 너무도 흡사한 모습으로 등장하고 있다.

로베르트 발저의 많은 글들은 그가 요양원에 머무는 동안 그를 경제적으로 후원하고 작품을 수집하고 보관했던 카를 젤리히에 의해 세상의 빛을 보게 되었다. 그렇게 그는 오랫동안 잊혔다가 1970년대에 이르러서야 재발견됐다. 영어권에는 발저가 생전에 유일하게 발표했던 단편 「산책」이 이미 번역 및 소개되어 일부 식자층 사이에서 큰 반향을 일으킨 것으로 알려져 있다. 발저의 글들은 얼핏 보면 경쾌하고 소박해 보이지만 그 기저에는 생존에 대한 두려움, 죽음의 그림자가 깔려 있다. 자연과 시골 생활, 유쾌한 도보 여행을 즐기는 소박한 작가처럼 보이는 발저, 그는 카프카만큼 수수께끼 같은 작가, 유별나고 참담한 작가였다. 비문법적 표현, 사전에 등재되지 않은 단어들이 종종 등장하고, 특히 시제(時制)의 통일이 제대로 이뤄져 있지 않아 번역하면서 조금 고통스러웠다. 쉼표로 이어진 발저만의 기나긴 문장을 한국어 문법에 따라 자주 마침표로 끊을 수밖에 없었던 점 역시 유감이다.

옮긴이
박광자

충남대학교 독문학과 명예 교수며 한국헤세학회 회장을 역임했다. 저서로 『독일 영화 20』, 『괴테의 소설』, 『헤르만 헤세의 소설』, 『독일 여성 작가 연구』가 있으며, 옮긴 책으로는 『벽』, 『페터 슐레밀의 기이한 이야기』, 『싯다르타』, 『시와 진실』, 『마리 앙투아네트 베르사유의 장미』 등이 있다.

산책

1판 1쇄 펴냄 2016년 11월 25일
1판 7쇄 펴냄 2024년 9월 20일

지은이 로베르트 발저
옮긴이 박광자
발행인 박근섭, 박상준
펴낸곳 (주)민음사

출판등록 1966. 5. 19. 제16-490호
서울특별시 강남구 도산대로1길 62(신사동)
강남출판문화센터 5층 06027
대표전화 02-515-2000 팩시밀리 02-515-2007
www.minumsa.com

ⓒ 박광자, 2016. Printed in Seoul, Korea

ISBN 978 89 374 2903 3 04800
ISBN 978 89 374 2900 2 (세트)

* 잘못 만들어진 책은 구입처에서 교환해 드립니다.